Harald Neugebauer

DER LEKTOR

Erratische Betrachtungen
über den
Homo ludens occidentalis

AF220987

© 2021 Harald Neugebauer
Neuauflage 2022
Alle Rechte vorbehalten

Herstellung und Verlag:
BoD – Books on Demand, Norderstedt

ISBN 978-3-7568-0003-2

Derya Yalimcan e.K.
Hauptstraße 62,
De-07937 Langenwolschendorf

Solange man Schach spielt, ist man auf Züge angewiesen, die auf den Gegner gerichtet sind. Das ändert sich, wenn man sich nicht mehr über die Partie, sondern über das Spiel selbst Gedanken zu machen beginnt.

Ernst Jüngers Kommentar zum 70. Geburtstag Friedrich Georgs

Prolog

Ihre lockigen hennaroten Haare glänzten in der Abendsonne, die durch das Fenster hineinschien. Die junggebliebene Mittfünfzigerin, die von ihrem Kleidungsstil für Ende 20 gehalten werden konnte, war eine der letzten Vertreterinnen der realen freien und unabhängigen Presse in Westeuropa. Sie blickte aus dem Fenster auf die Donau hinaus, hielt kurz inne und begann weiter in ihr Diktaphon zu flüstern:

„Heute ist Europa nicht mehr frei. Die Kulmination wird hoffentlich in den vereinten großen Widerstand münden. Wir organisieren uns wider alle Erwartung im polnischen Osten … Polen scheint der einzige Staat neben Ungarn zu sein, der noch nicht unterwandert wurde. Verbündete haben wir nicht viele … Doch zuvor werde ich die Geschichte, deren Augenzeuge und einer der Protagonisten der österreichische Buchlektor Dr. Harald Neugebauer tragischerweise wurde, für die Nachwelt von Anfang an schildern. Er erzählte mir seine Geschichte vor der Schlacht um Brüssel-Molenbeek, und belegte dies mit den Tagebuchaufzeichnungen, Schriften und Notizen, die ich als Grundlage für dieses Manuskript nutze."

Kimberly M.,

Budapest, Ungarn, freies Europa

Berlin-Zehlendorf, Dr. Neugebauer

Der Lektor schlug abermals die erste Seite des Buches auf und begann erneut zu lesen:

Frühherbst in Graubünden. Der kalt wehende Wind kündigte den nahenden frostigen Winter an.

Ein dichter Tannenwald am Berghang wiegte sich gleichmäßig im spätsommerlichen Pfeifen des Windes, einem vielstimmigen Chor der sich ankündigenden Kaltzeit.

Der Mann auf der Uferbank nahm seine oval geformte versilberte Lesebrille ab und schaute hinaus auf den Silvaplanersee. Er atmete tief, füllte seine Lungen mit der feuchtkalten, aber klaren Luft und beobachtete die schneebedeckten Berggipfel, an denen sich das kalte Licht der Septembersonne wie in einem Prisma brach. Ihn fröstelte ein wenig. So schlug er das Buch, das er in der Hand hielt, zu und erhob sich. „Bin ich Prometheus oder Epimetheus?" fragte er sich, als er auf dem Uferweg nach Hause aufbrechen wollte. Es war Zeit, Sils zu verlassen und nach Basel zu gehen. Als er die kalten Wasser des Silvaplanersees zu seiner Linken aus den Augenwinkeln wahrnahm, bemerkte er, dass das tiefe dunkle Wasser ihn auf eine sehr emotionale Weise anzog. „Versinken will ich in dir", flüsterte er und blieb stehen. „Käme das Wasser zu mir, würde ich es nicht negieren", brummte er leise vor sich hin. Sich langsam nach links drehend ging er gemächlich dem Wasser entgegen. Das Wasser, dunkel und ruhig, sprach zu ihm: „In mir kannst du dich fallenlassen auf ewig. Denn ich bin dir treu, nicht bin ich Mensch, dass ich dir die Treue verweigern vermag. Komme, komme, o versinke in mir, wie ein jeder Tränentropfen, der mich zu füllen vermag." Der Mann näherte sich dem Wasser gemächlich in kleinen Schritten. Seine braunen Wildlederschuhe berührten das Nass und er wurde von der Kälte des Wassers, das seine Füße durchnässte, für einen kurzen Moment überwältigt. „Tropfen will ich werden in dir und versinken." Er hielt die Luft an, bis seine Lungen zu brennen begannen, und fragte sich, wie lange es wohl dauern würde, bis er im kalten Wasser ertränke.

„Doch bist du bereit für mich, oh du Feuer des Prometheus? Du ewige Erkenntnis? Nicht dass du an meiner Flamme trocknest", sprach der Mann und fügte hinzu: „Ein andermal vielleicht, heute jedoch nicht." „Den Berg hinabsteigen werde ich, um den Menschen mitzuteilen, was es zu sagen gibt", sprach er mit bestimmter und strenger Stimme. Sein Geist war am Rande eines Abgrundes, der sich in der tiefen Unendlichkeit des Sees verlor. „Noch nicht", sprach er zu sich selbst, „noch nicht; erst muss ich es artikulieren."

„Den Menschen den Spiegel vorhalten, ihnen ihre vulgäre Banalität deutlich machen und Mensch und Getier mit dem Vorschlaghammer erziehen", flüsterte er dem See zu. „Auch dich habe ich überwunden, Arthur," sprach er „meinen Mentor, der nur noch der eristische Demagoge ist, sonst nichts ..." „Die öden Eisbärzonen", entfuhr es ihm, als sein Blick sich in den schneebedeckten Berggipfeln verlor. „Am Lehren gescheitert", sprach er und schaute, tief in Gedanken versunken, erneut in Richtung des Sees hinaus. „Der Verlust des Menschen und Gottes."

„Auf bald, ewig' Freund, ich weiß, du wirst auf mich geduldig warten bis wir uns wiedersehen ..." Wortlos beobachtete er weiter den See, bis eine zarte Frauenhand seine rechte Schulter von hinten berührte. Die Frau im langen schwarzen Kleid ließ ihre linke Hand auf ihm ruhen. Sie sah mit glasigen und sorgenvoll traurigen Augen zu ihm herunter: „Du hast dir die Schuhe nassgemacht, komm nach Hause. Du musst deine Füße trocknen, sonst wirst du dir eine Erkältung einfangen."

Als sie nach Hause liefen, hakte sich die Frau an seiner Rechten bei ihm ein. „Du musst sie vergessen", sagte sie, „lerne sie zu vergessen. Schreibe. Schreiben tut dir gut. Ich helfe dir, die Sachen zu packen." „Hör endlich auf, mit mir über sie zu reden! Du kannst das nicht verstehen, du banale Seele", erwiderte er zornig. Sie sah ihn an und schwieg. Der Mann überlegte kurz und sprach: „Ich will nach Rapallo, und zwar allein. Ich komme nicht mit dir mit, Schwester. Sage

Mutter, dass alles gut ist." „Nein", sprach sie schockiert, „nichts ist gut."

„Du bist völlig depressiv; und noch mehr Isolation wird dich weiter erkranken lassen. Bitte komme mit mir mit." „Nein Schwester, packe meine Sachen zu Ende, ich fahre nach Italien. In Rapallo werde ich in Ruhe schreiben können. Und ich fahre allein, ganz bestimmt!", raunte er lauter werdend. „An Bertha werde ich noch einen Brief schreiben." „Wer ist Bertha?" fragte seine Schwester verwundert. „Die Dame meines Entzückens", sprach er. „Du willst, ohne dich persönlich zu verabschieden, nach Rapallo? Warum musst du die Menschen immer wegstoßen?" fragte sie ärgerlich. „Du kannst nicht alle Menschen mit deiner radikalen Art züchtigen!"

*

Im Waggon der I. Klasse saß der Mann, sah durch das Fenster, wie seine Schwester, mit traurigem Gesicht und Tränen in den Augen, ihm schwer mit ihrer rechten Hand zum Abschied sorgenvoll zuwinkte. Er winkte ihr starr zurück, und als der Zug losfuhr, holte er die Tageszeitung ‚Basler Nachrichten' aus seiner Jackentasche und betrachtete die Titelseite. ‚Attentat auf Wilhelm Friedrich Ludwig von Preußen und die versammelten Fürsten gescheitert', stand da geschrieben. Er las mit mäßigem Interesse weiter. Anarchisten planten auf Wilhelm den

Ersten ein Attentat mit Dynamit! „Anarchisten sind halbe Nihilisten", murmelte er, „halbe Nihilisten, gewollt, aber nicht gekonnt." Die Titelgeschichte interessierte ihn nur rudimentär. So blätterte er weiter und überflog die nächsten Seiten. Der Bericht über das neue von Bismarck initiierte Gesetz zur Einführung der Krankenversicherung im Deutschen Reich, welches kontrovers war, aber hochgelobt wurde, ließ ihn kurz innehalten. „Recht nimmt man sich, man bekommt es nicht", dachte er. Auf den hinteren Seiten las er über die Nachwehen der Affäre von Tiszaeszlár, die noch andauerten. Ein Bauernmädchen war verschwunden, die Mutter des Mädchens hatte gegen Juden Anzeige erstattet. Diese wurden wegen angeblichen Ritualmordes zum Pessachfest angeklagt, aber freigesprochen. Es war zu Massenunruhen gekommen im nordöstlichen Ungarn. In der Donaumonarchie gärte es. „Richard", sprach er, „mein treuer Freund, der du einst warst. Du bist das Salz und Pfeffer dieser Dekadenz. Dich werde ich schriftlich erziehen, damit du den Übermenschen lernst, du, der die Sonne des Unterganges bist." Er schlug die Zeitung wieder zu, faltete sie sorgfältig zusammen und fragte sich in Gedanken: „Wie soll sich die Menschheit helfen, trotz der Menschheit?" Iwan Turgenjew war vor einem knappen Monat verstorben. „Der Realist", entfuhr es ihm halblaut. Er dachte an den Protagonisten Tschulkaturin aus Turgenjews ‚Tagebuch eines überflüssigen Menschen'. „Menschheit", sprach er und blickte aus dem Fenster des Abteils hinaus in die Schlucht, die sie passierten. „Wie tief kann ein Mensch wohl fallen in so einer Schlucht?" fragte er sich. „Sage es mir, Tschulkaturin!" Er sah hinunter in die Schlucht und versuchte, die Tiefe abzuschätzen. „Der Mensch ist ein Seil, geknüpft zwischen dem Tier und dem Übermenschen, er ist ein Untergang und ein Übergang", dachte er. „Du bist aber nicht tief genug, als dass ich in dir fallen könnte, denn ich bin tiefgründiger als Du", sprach er. Er schloss die Augen und fiel in einen oberflächlichen und unruhigen Schlaf.

*

Der Lektor sah vom Text auf. Die finale Korrektur des ersten Teils war nunmehr abgeschlossen. Aber die Darstellung von Rapallo gefiel ihm überhaupt nicht, und er beschloss, die gesamte Beschreibung der italienischen Kleinstadt von Neuem vorzunehmen und notierte in sein Skript die Worte:

RAPALLO BESCHREIBUNG

Den Text kannte er mittlerweile beinahe auswendig. Normalerweise schrieb er Bachelor- und Magisterarbeiten als Ghostwriter. Nach einem Abschluss in Anthropologie hatte er es vorgezogen, weiter zu studieren, ohne als Anthropologe tätig geworden zu sein. Die gesamte Gesellschaft war krank, nicht krank an irgendwelchen Viren, sondern psychisch krank, dessen war er sich sicher. Was wäre wohl, dachte er sich, wenn es plötzlich keine Psychopharmaka mehr geben würde, und lachte vor sich hin. Nun korrigierte er das Buch eines intellektuellen Bourgeois, der sein Erstlingswerk als Abschluss eines Studiums der Literaturwissenschaften verfasst hatte. Der Autor versuchte, mit diesem Werk seinem intellektuellen Snobismus ein Monument zu setzen, indem er ein Buch schrieb, dass höchstwahrscheinlich außer einigen wenigen aus literaturinteressierten Kreisen niemand lesen würde, denn die Thematik dieser Novelle war einfach zu abstrakt. Aber da die Bezahlung gut war, hatte Dr. Neugebauer diesen Auftrag angenommen. Zum Glück war die Arbeit bald beendet und der Text, bis auf die sinnlose und langweilige Beschreibung der italienischen Kleinstadt Rapallo, zu Ende lektoriert.

Dr. Neugebauer las weiter im Text:

An einem alten Sekretär sitzend, hatte er exzessiv, wie getrieben, die letzten zehn Tage, unterbrochen einzig von einigen kleinen Schlaf- und Essenspausen, hektisch geschrieben. Übermüdet, aber relativ ausgeglichen notierte er im Manuskript die letzte Zeile:

„Ende des ersten Teils"

Der Mann klappte das Manuskript zu und streckte seinen Rücken gegen die Stuhllehne nach hinten und dehnte sich, reckte seine Arme in die Höhe und faltete die Hände zusammen.

Kurz sah er aus dem Fenster in Richtung der Burg und weiter auf das Meer hinaus ... Die Öllampe brannte bereits seit zehn Tagen ununterbrochen. Der Mann löschte das magere Flämmchen und dachte: „Es handelt von allen Menschen, aber keiner wird sich angesprochen fühlen ..." Dann nahm er ein leeres Blatt, auf das er den Titel setzen würde, sah sehnsüchtig in Richtung des Bettes, und sprach laut zu sich: „Der Schlaf ist der kleine Freund des Todes." Und er schrieb:

Also sprach Zarathustra: Ein Buch für Alle und Keinen

von

Friedrich Nietzsche

Der Lektor sah abermals vom Text auf und fragte sich, warum irgendjemand sich für die deutsche Geschichte, beginnend mit Nietzsche, interessieren sollte. Nach einem langen Studium der Literaturwissenschaft hatte der Auftraggeber Paskowiak es gerade einmal zustande gebracht, durchschnittliche BRD-Literatur zu schaffen. Damit das Buch ein wenig mehr hergab, fügte der Lektor eigene Kapitel hinzu, die so nicht vorgesehen waren. Er sah sich die Kapitel an, die er aus einer Laune heraus selbst hinzugefügt hatte, denn es machte ihm Spaß. Aber der eigentliche Grund war eher der, dass er es eben konnte und er ein weitaus besserer Literat war als Zoltan Paskowiak. Dr. Neugebauers Metier war die Kulturanthropologie. Aber als Hobbyliterat war er ebenfalls nicht zu unterschätzen. So wurde das ‚epochale Werk‘ des ‚wanna be‘ Magister Artium Zoltan Paskowiak um die Kapitel Bela Bartók, Otto Wels und Carlo Schmidt erweitert. „Wie kann sich einer an die deutsche Geschichte wagen und einen Historienroman und Hohelied auf die BRD verfassen, und vielleicht BRD-Literatur schaffen wollen, ohne diese bedeutenden Persönlichkeiten?" murmelte Dr. Neugebauer vor sich hin ...

So las er abermals weiter:

„Herr Nietzsche, der Text ist zum Himmel schreiend, ich denke nicht, dass sich irgendein Verlag finden wird, der ihn druckt. Bei wie vielen Verlagen haben Sie vor dem unsrigen angefragt?" „Neun", antwortete Nietzsche betrübt.

„Sie könnten Ihr Buch im Eigenverlag veröffentlichen. Das ist keine populäre Literatur. Mit einem Druckkostenzuschuss wären wir aber bereit, Ihr Pamphlet zu drucken. Keine große Auflage, aber vielleicht findet sich jemand, der sich an Ihrem Text erfreuen wird. Aus wie vielen Teilen soll ihr Zarathustra denn bestehen?" fragte der Verleger argwöhnisch. „Es sind vier Teile geplant", sprach Nietzsche zornig. „Wie viele Kopien des Manuskriptes haben Sie?" „Ich bin im Besitz von zwei Kopien des Manuskriptes des ersten Teils", entgegnete er verbittert. „Dann lassen Sie eine Kopie da, ich werde sie meinem Co-Lektor vorlegen und eine zweite Meinung einholen." „Also gut" , rief Nietzsche aus und verließ zügig das Büro des Verlegers.

*

Hans Massler war Verleger seit 40 Jahren. Er wusste nur zu gut, welche Art von Literatur sich verkaufen ließ. Bei einer Alphabetisierungsquote von 75% im Deutschen Reich ließen sich Liederbücher, Kochbücher, Gebetsbücher recht gut verkaufen. Auch Kolportageromane waren ein Renner. Ein Karl May ließ sich immer verkaufen. Aber das? Zarathustra? Eine orientalische Thematik? „Wer sollte sich so eine Gehirnverkrampfung antun? Das Statement eines verbitterten Egomanen, der dem Wahnsinn nahe zu sein schien. Zu behaupten, dass Gott tot sei ... ein Affront gegen jeden guten Katholiken ... Friedrich Nietzsche würde eher in 10 Jahren vergessen sein, weil ihn niemand lesen würde, als dass er irgendeine wirtschaftliche Relevanz bekäme, um danach vergessen zu werden. Versuchte dieser Nietzsche ein Schopenhauer zu werden? Oder Ludwig Feuerbach? Der gute Feuerbach war aber einzigartig im Deutschen Reich. Er war knapp eine Dekade zuvor verstorben." „Hah!", entfuhr es dem Verleger. „Ein Nietzsche? Ein Möchtegern-Feuerbach, welch Anmaßung! Aber Geschäft ist Geschäft, wir werden dieses blasphemische Werk drucken, vielleicht liest es ja jemand und erfreut sich daran ... Nietzsche – ein Ludwig Feuerbach!" Fassungslos schüttelte Massler seinen grau melierten Kopf.

Friedrich Nietzsche öffnete den großen Briefumschlag des Verlegers. Er zog sein Manuskript heraus und einen Brief.

Sehr geehrter Herr Nietzsche!

Nach Rücksprache mit meinem Co-Verleger sehen wir davon ab, Ihren Zarathustra, erster Teil im Eigenverlag mit einem Druckkostenzuschuss zu drucken.

Hochachtungsvoll

Hans Massler

*

Nietzsche nahm das Manuskript und warf es zornig gegen die Wand. Es blieb neben dem Sessel liegen. „Ihr Äfflinge", schrie er, „muss man euch die Ohren zerschlagen, damit ihr lernt mit den Augen zu hören? Ihr werdet noch Denkmäler für mich errichten!!!"

*

Nietzsche packte provisorisch seine Koffer und ging hinunter zum Empfang der Pension, in der er zurzeit wohnte. „Bestellen Sie eine Kutsche für mich und lassen Sie meine Koffer herunterbringen", sagte er zu dem Mann am Empfang. „Gerne der Herr", antwortete der Rezeptionist. Nach einigen Minuten kam ein kleiner Junge mit seinen Koffern herunter und sprach: „Herr Nietzsche, es liegt noch ein Manuskript auf dem Boden in Ihrem Zimmer, ich wusste nicht, was damit geschehen sollte, deshalb habe ich es einfach liegengelassen. Soll ich es für Sie holen?" Nietzsche schrie entzerrt: „Nein, verbrennt es, ich kenne es auswendig!" Und rannte hinaus zur Kutsche.

*

„Das einzig interessante am ganzen Buch des Herrn Paskowiak ist wohl die Tatsache, dass sich die Gesamtheit der Errungenschaften des Fürsten von Bismarck als roter Faden durch das Buch zieht", dachte sich Dr. Neugebauer.

Dr. Neugebauer fügte eine Notiz am Ende hinzu:

LEKTORAT BEENDET.

Er sah sich die Liste der zu Ende lektorierten Kapitel an: Ernst Heinrich Wilhelm Stephan, Werner von Siemens, Richard Strauß, Ernst Jünger im Ersten Weltkrieg, Die Verträge von Rapallo 1922, Alfred Döblin, Walther Rathenau. Schnell überflog er die Rede des Abgeordneten Otto Wels zum Ermächtigungsgesetz von 1933 mit dem schwer geschichtsträchtigen Zitat „Freiheit und Leben kann man uns nehmen, die Ehre nicht", und überflog nochmals die lektorierten Kapitel Ernst Reuter, Carlo Schmidt, Konrad Adenauer, Olympische Spiele München, Wiedervereinigung. Für das Vorwort und den Epilog musste er sich wohl noch etwas einfallen lassen. Die ursprüngliche Fassung ging gar nicht. In dem Moment klingelte das Telefon. Auf dem Display stand: Paskowiak. Der Lektor nahm das Gespräch an und sprach: „Zoltan …", doch noch ehe er eine Grußfloskel loswerden konnte, sprudelte es aus dem Anrufer heraus. „Harald, hallo, ich will Sie ja nicht drängen, aber ich muss mein Buch veröffentlichen. Ich bin extrem unter Zeitdruck … Wie weit sind Sie denn mit dem Lektorat?"

AKZENT ÖSTERREICH ANPASSEN

„Prinzipiell würde ich sagen, dass ich mit dem Lektorat nunmehr fertig bin", antwortete Dr. Neugebauer in seinem typischen Tonfall mit der markant steirischen Dialektfärbung. „Nur noch den Epilog würde ich gern umschreiben wollen, und die Szenen, als die wiedervereinigte deutsche Olympiamannschaft in Albertville ins Stadion marschiert. Und ich denke darüber nach, den Bundespräsidenten Richard von Weizsäcker zu erwähnen, dem in diesem Moment die Augen tränten. Das ist Patriotismus, mein Guter." „Aha", entgegnete Paskowiak. „Ja, das ist gut, das ist sehr gut … ja, machen Sie das, fügen Sie das ebenfalls ein. Und schalten Sie wieder auf Hochdeutsch", lachte Paskowiak, „wir sind hier in Preußen, ha-ha-ha." „Danke, mon ami, Sie sind wirklich der Literat der Stunde ..."

„Wie wäre es mit Sushi? Wollen wir am Mittwoch zum Abend Sushi essen?" fragte Paskowiak salopp. „Wie wäre es mit einem Strammen Max und einem Bier?" fragte Dr. Neugebauer zurück. „Falafel, Sushi, essen gehen irgendwo in Berlin ist mir nun mal einfach zu ethnisch. Wir sollten einen Leberkäs essen und ein Bier dazu genießen und das Ganze mit einem Cappuccino abschließen." „Gut", sprach Paskowiak, „also dann bis Mittwoch? Um 17:00 Uhr im Café Hardenberg?" „Ja, ist recht", beendete Dr. Neugebauer das Gespräch, „bis Mittwoch dann."

*

Den wirren Text mit dem großsprecherischen Titel IMPERIUM MAGNUM INFERNALIS hatte ein Türke, der noch wirrer zu sein schien als sein Manuskript, Dr. Neugebauer über Henriette zukommen lassen. Dieses sehr bescheidene „Jahrhundertwerk" war ein seichter Trash-Roman. „Na ja, die Türken sind in der Tendenz nicht gerade ein großes Literaturvölkchen", dachte Dr. Harald Neugebauer. Immerhin konnte dieser zumindest irgendetwas zu Papier bringen. Henriette hatte den Türken zu ihm gebracht, damit er seinem Erstlingswerk ein wenig stilistischen Feinschliff verpasse. Aber es

21

war Trash-Literatur vom Feinsten. „Was hat denn ein Türke der Welt wohl durch einen Roman zu übermitteln?" fragte sich Dr. Neugebauer und begann erneut im Manuskript zu lesen:

„Ich wäre lieber irgendwo in der Karibik und würde Grillfisch auf kreolische Art bestellen. Wie wäre es mit einem gegrillten Wels anstelle von Fish and Chips?" Sie sprach zu der sichtlich jüngeren Begleiterin, die zustimmend nickte und deren pechschwarzes, geflochtenes Haar ihr über der Brust hing. Die Inderin in einem gelben Sari hörte ihr schweigend und interessiert zu. „Oui, wie wäre es mit einem Wels nach Cajun-Art - les Cadiens?" fragte die alte Dame und lächelte: „Das Geheimnis eines Barbecue-Welses nach kreolischer oder Cajun-Art besteht darin, kein Knoblauchpulver zu verwenden. Stattdessen werden die Knoblauchzehen mehrmals mit einer Knoblauchpresse gepresst, bis die Knoblauchzehen zu einer homogenen Paste verarbeitet sind. Außerdem sollten die Zwiebeln püriert und abgetropft werden. Nur Kenner wissen, dass Knoblauch nicht geschnitten, sondern zerdrückt werden sollte, um seine Aromen zu erhalten." „Es ist eine Sache, ein Standardrezept aus dem Netz zu ziehen", ergänzte die alte Dame und fasste sich instinktiv an ihr Scheitellappeninterface an der linken Seite ihres Kopfes. Die rot leuchtende Diode zeigte an, dass sie ausgeschaltet war. Die etwa 60 Jahre ältere Dame sah ihre Begleiterin an, eine Frau Mitte dreißig, deren schwarze Augen von einem tiefen, durchdringenden Blick geprägt waren. Trotz ihrer Sandalen versuchte sie, mit der alten ausgemergelten Afrikanerin Schritt zu halten. „Die Zubereitung eines Barbecue-Welses nach Cajun-Art ist ein meditativer Prozess. Natürlich zupfen wir in diesem Ritual die Blätter der Petersilie, eins nach dem anderen, zart, Blatt für Blatt, anstatt sie grob mit dem Messer zu schneiden. Und natürlich wird der Cayennepfeffer von uns selbst frisch gemahlen, ebenso wie der schwarze Pfeffer, den wir ebenfalls selbst mahlen. Ich persönlich bevorzuge schwarzen Pfeffer aus Albanien. Ich glaube, der hochwertigste Pfeffer der Welt wächst in Albanien. Aber der Cayennepfeffer kommt natürlich aus Westafrika. Wir nennen ihn Pilli-Pilli. Haben Sie schon mal Pilli-Pilli probiert, meine Liebe?" Die alte Dame sprach zu der indischen Frau, die einen Kopf größer war als sie und zu ihr herunterblickte. Die jüngere Frau beugte den Hals nach hinten und hob den Kopf, was „Nein" bedeutete. Die alte Frau reagierte lächelnd: „Ich muss mich noch daran gewöhnen, dass in Indien ein Nicken ein Nein bedeutet und ein Kopfschütteln nach rechts und links ein Ja. Pilli-Pilli ist der hochwertigste Cayennepfeffer, den es gibt, und deshalb gehört er idealerweise zum echten Welsrezept. Die Butter, die wir verwenden, sollte ungesalzene irische Butter sein. Um alles abzurunden, nehmen wir hausgemachtes Meersalz. Nach dem Durchrühren aller Zutaten mit frischem türkischem

Oregano und frischem türkischem Thymian, pürieren wir alles noch einmal von Hand mit einem Mörser in einer Keramikschale. Dann lassen wir alles für etwa 45 Minuten stehen, damit sich die Essenzen vermischen können. Zum Grillen von Welsen ist es unerlässlich, den Fisch zu häuten. Das liegt daran, dass Fische nicht nur durch die Kiemen atmen, sondern das Wasser auch durch die Haut filtern, was als Transpiration bezeichnet wird. Aus diesem Grund ist die Haut eines Fisches mit Schad- und Abfallstoffen angereichert. Wir verwenden das gleiche Prinzip, wenn wir einen Menschen in einen Zombie verwandeln, indem wir das Nervengift Tetrodotoxin des Kugelfisches durch die Haut auf das Opfer übertragen. In den meisten Fällen genügt ein Hauch des Giftpulvers aus der Handfläche gepustet. Die Handschuhe, die Sie tragen, sollten aus dickem Plastik sein. Vaudou haïtien, meine Liebe. Das System der Transpiration ist ähnlich der Osmose bei Pflanzen. Nachdem wir den Fisch gehäutet haben, und bevor wir den Fisch mit der Gewürzmischung einreiben, kommt mein Geheimrezept. Mit einer kleinen Menge Maismehl wird der Fisch nun bestrichen. Am besten drückt man den Fisch in das Maismehl und reibt dann die Gewürzmischung auf den mit Maismehl bestreuten Fisch. Danach können Sie den Fisch etwa drei Minuten in Butter braten. Minuten! Achten Sie darauf, dass Sie die Gewürzdämpfe nicht einatmen." Die alte Dame hielt kurz inne, lächelte versonnen und fuhr dann fort: „Ich schreibe ein Buch, ein Buch für Feinschmecker. Eine Sammlung von besonderen Rezepten rund um den Globus." Sie wurde schwärmerisch. „Das erste Mal habe ich im Jahr 1967 in Port-au-Prince, der Hauptstadt von Haiti, den echten Katfisch-Creole gegessen", schwelgte die alte Dame in Erinnerungen und versank in ihren Gedanken. „Es war das Jahr der Zombieplage in Haiti. Ich habe in der Section communale Croix-des-Missions mit einem Mitglied der Tonton Macoutes zu Abend gegessen, wo mir zum ersten Mal der Wels créole auf diese besondere Art serviert wurde. Ich war so begeistert von dem Essen, dass ich den Chefkoch bestochen habe, mir das Rezept zu verraten." Sie lächelte nachdenklich und fragte neugierig die Inderin: „Kennen Sie die Tonton Macoutes?" Diese verneinte erneut mit einem Nicken. „Wir hatten eine Flasche haitianischen Rum aus der örtlichen Rumdestillerie. Sie müssen wissen, haitianischer Rum ist unter Kennern sehr berühmt. Die Tonton-Macoutes-Miliz war die gefürchtete paramilitärische Geheimpolizei des Präsidenten von Haiti, Papa Doc Duvalier. Ein Oberst der Tonton Macoutes lud mich zum Essen ein; sein Name war Josué, ein Charmeur durch und durch. Und wir genossen den Wels mit einer Flasche Rum. Ich war damals noch viel jünger und naiv, und befand mich auf einer Studienreise. Meine Reise nach Haiti war durch viele private Kontakte und Sponsoren zustande gekommen. Josué war sozusagen mein Reiseleiter. Wir besuchten eine Zombie-Plantage in Haiti." Die Inderin schaute die alte Frau mit neugierigen glasigen Augen an. Die alte Frau erwiderte ihren Blick. „Sie müssen wissen, meine Liebe, die Anführer der Tonton Macoutes waren alle Voodoo-Priester. Das Tetrodotoxin war zu jener Zeit im Westen unbekannt. In diesen Jahren produzierten die Tonton Macoutes nonstop Zombies. Die Tonton Macoutes verwandelten alle aus der politischen Opposition, die nicht fliehen konnten, mit Hilfe des Nervengifts in Zombies. Die Zombies arbeiteten dann auf geheimen Plantagen als Zombie-Sklaven. Dieses Nervengift lässt das Opfer klinisch tot erscheinen, aber das Gehirn ist noch aktiv. Das Opfer wird als vermeintlich tot begraben, aber seine Sinne funktionieren noch. Nachdem das Opfer mehrere Stunden lang begraben war, wird es wieder ausgegraben und das Gegengift verabreicht. Der Sauerstoffmangel im Gehirn hat jedoch bereits irreparable Schäden hinterlassen, die zu mikromotorischen Störungen im Bewegungsapparat und zu Schäden am Corpus Striatum im Gehirn führen. Das ist der Grund, warum sich Zombies so unbeholfen bewegen." Dann lachte sie laut auf und sprach weiter. „Gelegentlich kam es vor, dass die Erinnerungsfetzen der Opfer dazu führten, dass sie nach Jahren die Plantage verließen und plötzlich den Drang verspürten, nach Hause zu gehen. Ich hätte zu gerne die Gesichter der Leute gesehen, wenn ein Toter nach zwei bis drei Jahren als

Zombie, plötzlich wieder vor der eigenen Haustür auftaucht ..." Sie sah zu der indischen Frau, und sprach „Hier sind wir ..."

*

Das war also der Co-Autor von Henriettes Buch. Er legte den literarischen Müll des Türken beiseite, ging zur Mikrowelle, und erhitzte den Leberkäse, der bereits seit einigen Tagen im Kühlschrank lag. Er dachte über den Osmanen nach, der doch so anders war. Die Levante, oder besser, was von der Levante übrigblieb, der Orient eben. Dieses grobgeschnitzte Tätervolk, das alle und jeden unterjocht und tributpflichtig gemacht hatte, sogar den Amerikaner damals in Libyen. Na immerhin hatten sie ihr Imperium, von dessen Mythos der Osman immer noch zehrte. Und heute? Der ehemalige Fez-Träger wurde domestiziert von Atatürk. Das ging aber dann irgendwie doch wieder schief, wie wir es in Berlin ja sehen können, dachte er sich. Ja, der Türke; was für eine symbiotische Hass-Liebe-Gemeinsamkeit war das eigentlich mit den Türken? Der fleißige Arbeiter, der aus Anatolien in den 1960ern von der deutschen Regierung angefordert worden war, um das Wirtschaftswunder zu bewirken. 60 Jahre war das nun her. Der Italiener, der Portugiese, der Spanier gingen wieder. Der Türke blieb und teilte sich durch Mitose; logarithmisch. Auch das war natürlich nur ein Mythos, dass Arbeiter aus der Türkei angefordert wurden - wie vieles in Deutschland auf Mythenbildung beruhte. Er stellte die dritte Flasche Köstritzer Bier auf den Tisch und erinnerte sich: „Depeschen der Deutschen Botschaft in Ankara aus der damaligen Zeit zeigten: Die Türken, die Helden des Koreakrieges, nötigten die USA auf die BRD Druck auszuüben, damit die Türkei Arbeiter nach Deutschland entsenden konnte, um mittels der Gastarbeiter dringend benötigte Devisen in die Heimat transferieren zu können. Wie auch immer ... diese wurden dann mit Geschenkkörben empfangen; so wie die dringend benötigten Zahnärzte und Ingenieure später, die gleichsam in einer epischen Völkerwanderung über Westeuropa hereinbrachen, so wie zuvor die gotischen Ingenieure und Zahnärzte in das Römische Reich eingefallen sind. Die archaische Sozialkompetenz des Sarazenen faszinierte ihn. Sie hat etwas Endgültiges, dachte er, so wie Nietzsche, etwa so, wie mit dem Hammer zu philosophieren, nur eben ohne Philosophie und ohne Nietzsche ...

Dr. Neugebauer lachte zerknirscht, als er an die Asylanten von den Fidschi-Inseln dachte, die nun in Berlin ansässig waren. Aber seine Lieblingsstory war immer noch die der somalischen Piraten.

Wäre Ephraim Kishon Deutscher gewesen, hätte er bestimmt ein Buch darüber geschrieben ... und wäre dann neben Thilo Sarrazin exkommuniziert worden aus der deutschen Gesellschaft. Was war eigentlich aus dem Dutzend Piraten geworden? Diese hatten vor der somalischen Küste mit Schnellbooten ein deutsches Handelsschiff gekapert. Nach ihrer Verhaftung wurden die Piraten nach Deutschland gebracht, um vor Gericht gestellt zu werden. Natürlich haben alle damals politisches Asyl beantragt in Deutschland, das ihnen auch sofort zuerkannt wurde. ... inklusive Familien-nachzug ... Denn in ein Bürgerkriegsland werden keine Menschen abgeschoben. Proaktivität wird eben geschätzt in Deutschland ... Diese Politniki, dachte er, worüber debattieren diese Selbstdarsteller eigentlich? Die Ausländerbehörde von Berlin war klammheimlich in Einwanderungsbehörde umbenannt worden, ohne dass es jemandem weiter auffiel. Er hob seine Flasche Köstritzer und stieß imaginär mit Schopenhauer an und grinste sarkastisch, als er an dessen Worte dachte: „All unser Übel kommt daher, dass wir nicht allein sein können ...“

*

„Was sagt man dazu?“ rief Zoltan aus, „Ein Indigener ist in Bolivien gestern zum Präsidenten gewählt worden. Sein Name ist Evo Morales, er vertritt die Coca-Bauern.“ Henriette erwiderte: „Ach, Politik interessiert mich nicht sonderlich ...“, und stocherte in ihrem Thunfischsalat herum, den sie mit einem frischgepressten Orangensaft genoss. Das Café

Hardenberg war wie immer prall gefüllt mit Studenten von der Technischen Universität Berlin. Zoltan wartete ungeduldig auf seinen Toast, der, wie er fand, verspätet serviert wurde. „Es gibt wohl wichtigere Ereignisse als einen Indianer in der Politik", sprach sie. Zoltan hob die rechte Augenbraue leicht an und fragte mit belustigtem Unterton: „Na, Frau Kultur-Koryphäe, was denn zum Beispiel?" „Wir haben", erwiderte sie mit leichter, balzender Empörung, „den 150. Todestag des Dichters Heinrich Heine, den 50. Todestag von Bertold Brecht und das Ibsen-Jahr ... somit ist das neue Jahr 2006 ein wichtiges Jahr aus dem Blickwinkel der Literatur. Zoltan, gut, dass du ein Literat bist, sonst würde ich meinen, du interessierst dich mehr für Politik als für Literatur ..." Leicht geknickt antwortete Zoltan: „Das Ibsen-Jahr war mir nicht bekannt. Nordische Literatur ist nicht gerade mein Metier." Er sah in das wunderschöne Antlitz einer Endzwanzigerin, einer studierten, charakterstarken Persönlichkeit der Rechtswissenschaften. Henriette konnte leicht für die italienisch-amerikanische Schauspielerin Isabella Rossellini gehalten werden. Zoltan hatte sich beizeiten nicht entscheiden können, ob er sich in ihre Augen verlieben sollte oder in ihren Intellekt. So beschloss er damals, sich in beides zu verlieben. „Meine zarte Muse", sprach er, „reiche mir deine filigranen, klavier-erprobten Hände." Er nahm ihre Hand und küsste ihre langen zarten Finger. Henriette sah Zoltan in die blauen Augen und errötete leicht.

Sie mochte es nicht, Nähe in der Öffentlichkeit zu demonstrieren. Daran hatte sie sich nie gewöhnen können. Beide wussten, dass sie bald über das Heiraten sprechen würden. „Wann gehen wir wieder deine Eltern besuchen, Henriette?" fragte Zoltan. „Am Wochenende haben uns meine Eltern zum Essen eingeladen. Mein Vater hat einen Narren an dir gefressen. Er wurde im zweiten Weltkrieg im Sudetenland an der rechten Schulter verletzt. Seit ich ihm über deine familiäre Herkunft berichtet habe, ist er hin und weg von dir. Du hast bei ihm alle Asse im Ärmel. Ich finde das unmöglich, dieses Deutschgehabe. Ich sagte ihm, er möge doch nach Osnabrück ziehen, damit er ja in der Nähe des Teutoburger Waldes leben kann, um seinem Deutschtum zu frönen. Rassebewusstsein ist etwas schreckliches." „Na ja, ich bin ja nur in der Tschechoslowakei geboren, aber in Wien aufgewachsen, wie du weißt, insofern habe ich zumindest soziologisch mit dem Sudetenland nicht viel am Hut." Er ging nicht weiter auf ihre Argumentation ein und beließ es dabei. Im Garten des Café Hardenberg brannten wie immer die Winterheizer. Der überfüllte Gartenbereich war mit Schirmen überzogen, die rudimentären Schutz vor der nassen Luft boten. Für einige Sekunden herrschte Stille zwischen ihnen und Zoltan verlor sich in den Augen seiner Henriette, als auf dem Bürgersteig ein laut in fremder Sprache telefonierender Mann vorbeilief. Das markante laute Kauderwelsch,

31

welches türkisch zu sein schien, wurde durchtränkt von vulgären Kraftausdrücken in deutscher Sprache. Für Außenstehende waren im Prinzip nur die lauten obszönen Beschimpfungen verständlich. Die Anrainer im Café, jene Gäste, die sich am nächsten zu dem vorbeilaufenden Mann befanden, straften die unangenehme und peinliche Situation, die der Fußgänger verursachte, mit demonstrativer Nichtwahrnehmung. „Sieh an", sprach Zoltan mit einem Unterton, der von oben herab Verachtung signalisierte. „Ein Ali Baba, ein weiteres Exemplar des libidogesteuerten Kulturbereicherers", und lachte verächtlich, um im Anschluss Hartman von Aue zu zitieren: „Wenn der andere ihn erträgt, ist aller Hader beigelegt ..." Doch tragischerweise blieb ihm das Lachen im Halse stecken. Denn der Mann kam, als er die beiden Gäste im Garten des Cafés sitzen sah, direkt auf Henriette und Zoltan zu. Er unterbrach sein Telefonat und rief mit hellem, von Blicken der Sympathie begleitetem Ton: „Hallo Fräulein Frohwein!!!" Henriette erwiderte mit einem verwunderten „Hallo Alpaslan!" Verblüfft und perplex beobachtete Zoltan die Situation, und als der Mann mit den langen geflochtenen Haaren und einem länglichen Schnurrbart mit dem sonderbaren Namen Alpaslan auch Zoltan mit einem „Guten Tag auch dem Herrn" grüßte, begnügte der sich mit einem irritierten Kopfnicken, das ein Zurückgrüßen andeuten sollte. Zoltan dachte sich, dass man sich wohl so einen altertümlichen Krieger aus der Steppe vorstellen müsse. „Wirklich schön, Sie zu sehen, Fräulein Frohwein, Sie sind die beste Anwältin der Welt. Danke, danke. Sie haben mir dermaßen geholfen, wenn Sie irgendwann Hilfe benötigen, egal wie, müssen Sie mich auf jeden Fall anrufen. Hier nehmen Sie meine Telefonnummer, warten Sie, ich schreibe die Nummer für Sie auf." Er kramte in seinen Taschen und sprach: „Meine Telefonnummer hat sich geändert. Ich schreibe sie einfach auf eine andere Visitenkarte." Alpaslan reichte Henriette eine leere türkise Visitenkarte, auf die er seine Nummer notierte. Auf der Rückseite stand eine amerikanische Telefonnummer und daneben in Klammern Skype. Unter der amerikanischen Nummer stand etwas geschrieben, das Henriette aber nicht verstand. Henriette erwiderte: „Danke Alpaslan. Es ist mein Job, Ihnen zu helfen. Bin ich doch Strafverteidigerin", und lächelte verschmitzt zu Alpaslan. „Die amerikanische Telefonnummer benötigen Sie aber nicht mehr?" „Es kann nicht schaden, wenn sie diese ebenfalls haben", sagte er etwas kryptisch und fügte ein „Ha-haha" hinzu. Alpaslan drehte sich zu Zoltan: „Mann, die Frau ist eine wertvolle Perle, ein Diamant, heiraten Sie sie. Und passen Sie gut auf sie auf!" Er lachte laut und verabschiedete sich lärmend und zog von dannen und lies eine lächelnde Henriette und einen verdutzten Zoltán zurück.

*

Als der Lektor sich wieder an seinen Schreibtisch setzte, beschloss er, sich mit Henriettes Text ein wenig zu beschäftigen. Mit Ausnahme einiger weniger Male vermied Dr. Neugebauer, juristische Bücher zu korrigieren. Dies lag nicht daran, dass er es nicht gekonnt hätte, sondern daran, dass eine juristische Abhandlung keinen Unterhaltungswert aufwies, zumal das juristische Werk einer Absolventin der Freien Universität Berlin, der Henriette Paskowiak, die über den Ali-Baba-Proleten und Aggro-Türken dozierte, völlig obsolet aus der Perspektive der Soziologie zu sein schien. Was hatte diese Seele wohl geritten, über den Osman eine juristische Abhandlung zu schreiben? Deutschland, ein Mosaik an Kulturen ... Damit kann man mich jagen, dachte Dr. Neugebauer. Als er eine Flasche mit dunklem Köstritzer Bier öffnete, dachte er über sich selbst nach und flüsterte vor sich hin: „Ich ... dann bin ich wohl ein käuflicher Schreiberling." Aber das war der Zeitgeist in Deutschland, dachte er ... Er hob die Flasche, als ob er symbolisch anstoßen würde und sprach: „Sowjetski Sojus ... untergegangen, aber in Merkel-Deutschland reanimiert ..." Dann beugte er sich über das Manuskript mit dem Titel:

Anwendungsmethodik und spieltheoretische Modellierung von Rechtsstreitigkeiten in den Bereichen kultureller Ethnozid und Minderheitenrechte

Angewandte Strategieanalyse für sprachliche Rechte in transnationalen Rechtsstreitigkeiten von sprachlichen Minderheiten

Eine Fallstudie über die türkische Sprache in der Europäischen Union

„Hmm ..." Missmutig las Dr. Neugebauer weiter und überflog den Text:

Gemäß der Verfassung der Republik Zypern sind die Amtssprachen der Republik Zypern Griechisch und Türkisch. Die Republik Zypern ist seit dem 1. Mai 2004 Mitglied der Europäischen Union. In der Präambel des Vertrags über die Europäische Union heißt es, dass der Vertrag „... auf dem kulturellen, religiösen und humanistischen Erbe Europas ruht und das Bekenntnis zu den Grundsätzen der Freiheit, der Demokratie und der Achtung der Menschenrechte bekräftigt." Der Vertrag über die Europäische Union (EUV) betont die Achtung der Menschenrechte und die Nichtdiskriminierung, während er feststellt, dass die EU „den Reichtum ihrer kulturellen und sprachlichen Vielfalt" achten sollte. Im Vertrag über die Arbeitsweise der Europäischen Union (AEUV) wird betont, dass die Tätigkeit der Union folgende Ziele verfolgt: „Entwicklung der europäischen Dimension im Bildungswesen, insbesondere durch Unterricht und Verbreitung der Sprachen der Mitgliedstaaten", wobei die kulturelle und sprachliche Vielfalt uneingeschränkt zu achten ist. Die

Charta der Grundrechte der EU verbietet die Diskriminierung aus Gründen der Sprache. Jeder Unionsbürger hat das Recht, sich in jeder dieser Sprachen an ein Organ oder eine Einrichtung der EU zu wenden und eine Antwort in derselben Sprache zu erhalten. Gemäß der Verordnung haben die EU-Institutionen derzeit 25 Amts- und Arbeitssprachen. Ausgenommen sind unter anderem die maltesische und die luxemburgische Sprache. In 25 offiziellen Landessprachen innerhalb der Europäischen Union ist es möglich, mit jedem Organ der Europäischen Union zu korrespondieren. Nicht enthalten sind Friesisch, Mirandesisch, Galizisch, Okzitanisch, Katalanisch und Baskisch. Diese Bevölkerungsgruppen in den Niederlanden, Portugal und Spanien sind zu 100% zweisprachig. Unter anderem ist die Bevölkerung Maltas (514.564) zu 100% zweisprachig (maltesisch und englisch). Auch die Bevölkerung Luxemburgs (626.108) ist zu 100% zweisprachig (luxemburgisch und französisch). Für die Staatsangehörigen Maltas und Luxemburgs ist die Möglichkeit gegeben, in ihren Landessprachen (Englisch und Französisch) mit den Institutionen der Europäischen Union zu korrespondieren. Da die Bevölkerung der Republik Zypern de facto nicht zweisprachig ist - die geschätzte Einwohnerzahl beträgt 1.213.380, von denen 326.000 nicht griechisch sprechen - wird den nicht griechisch Sprechenden nicht die Möglichkeit gegeben, in ihrer Sprache mit den

EU-Institutionen zu korrespondieren, was in der Verfassung der Republik Zypern als Grundrecht verankert ist. In der Europäischen Union gibt es mindestens 10 Mitgliedstaaten mit bedeutenden türkisch-zweisprachigen Gemeinschaften. Viele türkischsprachige EU-Bürger sind keine fortgeschrittenen Sprecher ihrer Landessprache innerhalb der Europäischen Union. Dr. Neugebauer lachte laut auf. „Kann denn außer ein paar Beutetürken überhaupt einer von denen Deutsch?" Er las empört weiter ... Daher ist eine Möglichkeit zur schriftlichen Kommunikation mit den Organen der Europäischen Union für diese Bevölkerungsgruppe nicht gegeben. Gemäß der Europäischen Menschenrechtskonvention, die in Artikel 14 verankert ist, verbietet sich jede Diskriminierung im Zusammenhang mit der Sprache, auch wenn sie fahrlässig erfolgt. Aus den besagten Gründen kann dieses Grundrecht gemäß Artikel 21(1) und Artikel 22 der CHARTA DER GRUNDRECHTE DER EUROPÄISCHEN UNION (2012/C 326/02) und gemäß Artikel 14 der Europäischen Menschenrechtskonvention eingefordert werden. Darüber hinaus haben die Sprecher der türkischen Amtssprache in der Europäischen Union, die in der Verfassung der Republik Zypern verankert ist, gemäß der Allgemeinen Erklärung der Menschenrechte, Artikel 2 und der Allgemeinen Erklärung der Sprachenrechte das Recht, neben den 25 Amtssprachen auch in türkischer Sprache zu schreiben und eine Antwort zu erhalten - an und von jeder Institution der EU. Sollte dieses Recht, welches in den fundamentalen Rechten der EU verankert ist, nicht zur Anwendung kommen oder auf Antrag nach den Verordnungen und Gesetzen der Europäischen Union nicht anwendbar sein, müsste in diesem Fall juristisch dargestellt werden, gegen welchen Paragraphen der Verordnungen und Gesetze der Europäischen Union durch die Anerkennung der türkischen Sprache als Amts- und Arbeitssprache der Europäischen Union verstoßen wird und warum die türkische Sprache nicht durch die Europäische Menschenrechtskonvention, wie in Artikel 14 verankert, geschützt ist ...

Dr. Neugebauer überlegte kurz und begann aus dem Fenster zu sehen. Nun verstand er, warum der türkische Co-Autor des Buches, der ebenfalls der Autor des Trash-Romans war, nicht namentlich genannt werden wollte. Er hatte einfach Angst vor einer plötzlichen Lungenembolie ...

Sei ehrenhaft, lebe nicht unter deinen Bedürfnissen, nur weil du Geld sparen möchtest.

Verlange nichts von anderen. Wenn du bedürftig bist, lass es dir nicht anmerken. Erwecke kein Mitleid.

Sei niemals faul. Die Arbeit, die man dir gibt, erledige schnell und komplett. Wenn jemand faul ist, höre nicht auf ihn.

Mache Sachen für Geld die einen Wert haben, arbeite nicht umsonst.

Sei sparsam, verschwende n überschwänglich. Was du sparen kannst sende nach Hau

Zögere nicht zu fragen, wenn du etwas nicht weißt. Arbeite konzentriert. Verschwende keine Materialien bei der

Denke an deine Fahne. Alles was du in einem fremden Land, machst, sei es gut oder schlecht, wird nicht dir angerechnet, sondern deinem Land und allen

Vergiss nicht deine Familie und dein zu Hause. Schreibe regelmäßig Briefe an deine Familie zu --

Sei nicht geizig. Kehre jeden Agitator den Rücken.

Wenn Probleme hast, erzähle sie nicht deiner Familie.

Achte auf deine Gesundheit. Werde nicht betrunken. Schlafe ausreichend. Werde nicht Opfer deiner Libido.

Intelligenz gut. Lerne deine Arbeit schnell und mache diese so gut wie nur möglich.

Vergiss niemals die Ehre deiner Fahne. Vergiss nicht, dass sie die Farbe, aus den vergossenen Bluten deiner Vorväter hat.

Sei respektvoll zu deinen Vorgesetzten und Vorarbeitern bei der Arbeit.

Vergiss niemals deine Religion und verliere nicht deinen Glauben.

Möge dein Weg und dein Schicksal gesegnet sein!

ONURLU OL

- Para biriktireceğim diye gerektiğinden aşağı bir şekilde yaşama
- Kimseden öteberi isteme. Muhtaç olsan da belli etme.
- Kendine başkalarını acındırma.
- Parayla olacak işleri parasız yapmağa kalkışma.
- Cimrilik etme.
- Kışkırtıcılara sırtını çevir.

ZEKANI İYİ KULLAN

- İşini çabuk öğren ve en iyi şekilde yap.
- Bilmediğini sormaktan çekinme.
- Dikkatsizlik edip işinde malzeme zayiatına sebep olma.
- Tembellik etme. Verilen işi tam zamanında noksansız bitir.
- Boş ver diyene uyma.
- İşyerinde idarecilere, ustalara saygı göster.

AİLENİ, EVİNİ UNUTMA

- Evine muntazam mektup yaz merak ettirme.
- Sıkıntılarını ailene yazma
- Tutumlu ol. Paranı sokağa atma. Artırabildiğini evine gönder.

SAĞLIĞINI KORU

- Kendine iyi bak.
- Sarhoş olma.
- Uyku saatinde uyu.
- Uçkuruna sahip ol.

YOLUN
VE
BAHTIN
AÇIK OLSUN

BAYRAĞINI DÜŞÜN

- Yabancı ilde yapacağın iyi iş de kötü iş de şahsına yüklenmez. Türklüğe ait olur.
- Bayrağının şerefini hatırından çıkarma. Rengini atalarının dökülen kanından aldığını unutma.
- Dinden imandan ayrılma.

„Nicht nur, dass der Türke an sich nicht integrierbar ist, nun will er auch noch Rechte!" ... Dr. Neugebauer dachte nach und sprach: „In Berlin fühlt man sich sowieso schon wie zwischen Eseln und Kamelen." Er würde dieses Pamphlet einer politisch Linksversifften aus Berechnung korrigieren und nuanciert anpassen. Was hatte sich Paskowiak dabei gedacht, so eine zu heiraten?! ... Und ihre Ehe hielt schon 16 Jahre. Dr. Neugebauer dachte nach ... Die Agenda der Linken aus Berechnung und die der hegemonialen Obrigkeit war klar. Geeint durch Diversität bis zum Abwinken sollte die deutsche Gesellschaft mittels Über-Individualisierung und exzessiver amoralisch-hedonistischer Dekadenz in einen anarchischen Zustand versetzt werden. Fressen – Ficken – Fernsehen waren die Losungsworte ... Es gab die politische Mitte nicht mehr. Die in den Medien zu Tage gelegte Gesellschaft war so weit nach links gerückt, dass die Selbstverleumdung der nationalen Identität und Kultur zur Pflicht wurde. Alles andere galt hingegen nur noch als rechtsgerichtet ... Der von den linken Faschisten der deutschen Gesellschaft oktroyierte Terror, dachte er betrübt ... Wohin das führen würde, war klar abzusehen. Angka – Pol Pots Angka. Kambodschanischer Linksfaschismus vom Feinsten. Jeder der sich auch nur laut fragte Cui bono?, bekam auf rabiate Art die Nazikeule um die Ohren gehauen – das politisch-psychologische Totschlagargument, die intellektuelle Kastration des nach bester Manier sozialanthropologisch umerzogenen deutschen Volkes ... Nun, solche Gedanken waren wohl orwellsche Gedankenverbrechen und eine Doppelfalschdenkweise ... im deutschen potemkinschen Staat der Demokratiesimulation. Ab wann greift eigentlich das Grundgesetz Artikel 20 (4), fragte er sich ... und nahm ein Paar Erdnüsse und warf sie in seinen Mund. „Schaise Doischlaan", imitierte er die berlinisch-türkische Bezeichnung für den deutschen Staat. Er hob sein Köstritzer Bier und sprach: „Auch du bist Doischlaan, Osman", und nahm einen tiefen Schluck. Und dachte darüber nach, was in Deutschland vor langer Zeit schief ging, als in den Zeiten von Helmut Kohl der Türke noch integriert gewesen zu sein schien und auch Deutsch sprach. Aber heute? Die Multikulti-Agenda der grünen Faschisten mit dem Slogan Deutschland schafft sich ab, und das ist auch gut so, hatte die Gesellschaft kulturell atomisiert und ebenfalls einen neuen Türken konditioniert, der das Format des türkisch-islamisch fundamentalisierten Sozialhilfeempfängers ausfüllt, der müßig Tag für Tag Gedanken hin- und herschiebt, sofern er diese Ideen überhaupt formulieren kann, da er mangels Bildung weder die türkische noch die deutsche Sprache adäquat beherrscht und beide Sprachen nur mit 300 Vokabeln und Phrasen rudimentär kommuniziert. Statisch apolitisch und paralysiert im Hartz-IV-System, zum Leben zu wenig, zum Sterben zu viel, sein Leben absitzend. Stillhaltegeld eben. Elendig kulturlos, zu keiner Kultur dazugehörend, auf vulgäre Weise dahinvegetierend, aus der deutschen Gesellschaft reassimiliert und desintegriert. Wenn der Türke auch ein Opfer war und wir Deutschen ebenfalls, dann, fragte er sich, wer ist denn dann der Täter? „Eine Lungenembolie-Frage", sprach er laut vor sich hin. Er stoppte diese Gedanken, schlug das Manuskript zu, stand vom Tisch auf und ging auf den Balkon, um auf die Straße zu sehen ...

Einen Tag später konnte er nicht umhin, über die Lungenembolie-Frage nachzudenken. Er ging wieder zu seinem Schreibtisch und schlug das Manuskript Henriettes und ihres Co-Autors, des Trash-Türken auf einer zufälligen Seite wieder auf, und begann zu lesen:

Türkische und türkischsprachige Gesellschaften haben in der Europäischen Union nicht beanspruchte Rechte. Der Grund, warum diese Rechte nicht eingefordert werden, und nicht eingefordert werden können, ist der, dass die Europäische Union und das westliche Bündnis darin ein geostrategisches Axiom sehen. Laut Aussage der Regierung Ariel Sharon wird die Zahl der in der Europäischen Union lebenden Muslime, die das Wahlrecht haben werden, in den kommenden Jahren rasant steigen, und sie (die Mitgliedsländer der Europäischen Union) kamen zu dem Schluss, dass das Stimmrecht dieser Massen ein sehr hohes Potenzial hat, die Außenpolitik der Europäischen Union zu beeinflussen. Aus diesem Grund hat sich die EU-Führung entschieden, den Coudenhove-Kalergi-Plan auf intellektueller Basis auf Türken anzuwenden, um die türkische intellektuelle Elite in der Europäischen Gemeinschaft durch Social Engineering und intellektuellen Ethnozid zu neutralisieren und ihre Ausbildung zu einer Intelligenzia zu verhindern. Darüber hinaus wird der Weg des kulturellen Ethnozids und der moralischen Erniedrigung gewählt und auf alle türkischen und muslimischen Gesellschaften angewandt. In Bezug auf die Anwendung des Ethnozids wurden Individuen durch die Absorption der türkischen Kultur, die durch keine andere kulturelle Hülle ersetzt wurde, technisch gesehen, Opfer von Denationalisierung und Dekulturalisierung. Die Türken leben in einem südafrikanischen Bantustan der Apartheid, genannt „Berliner Kiez". Andererseits wird die Umpolung der türkischen Gesellschaft und ihres Wertesystems in der Europäischen Union systematisch dadurch erreicht, dass den großen Massen anatolischer Herkunft eine Zwangsprekarisierung durch Film und Fernsehen, bspw. durch die Filme „Gegen die Wand" und „Four Blocks", aufgezwungen wird, die eine intrinsische Motivation erzeugt, bei der den moslemischen Minderheiten falsche Vorbilder als primäre Orientierung psychologisch implantiert werden. Des Weiteren wird dasselbe Prinzip durch die Musikindustrie angewandt, z.B. mit entsprechenden Liedtexten. Das Gegenstück dazu sind für die deutsche Jugend Filmtitel wie „Fuck you, Goethe", ein Affront gegen den Repräsentanten der deutschen Aufklärung, dem Sinnbild der Literatur schlechthin.

Damit soll die deutsche und in Deutschland lebende Jugend von dem Ideal der Aufklärung und der deutschen Kultur und ihren Wurzeln ferngehalten werden. So ist der Neffe des Marketingexperten Edward Bernays heute der CEO des Senders Netflix. Bernays Onkel hingegen war Dr. Sigmund Freud. Es werden bewusst falsche Vorbilder erzeugt. Der Islam hingegen wird auf alternative Wege gelenkt. So repräsentieren in der EU sektenähnliche Erscheinungen, die es im Orient nicht gibt oder dort nur marginal sind, breite islamische Massen. Edward Bernays Marketingtechniken wurden verwendet, um muslimische Minderheiten, insbesondere die türkische Gesellschaft, zu formen. Sie wurden vorrangig in den Medien als Antithese zum Okzident, dem Abendland, konstruiert. Ebenso sind Türken und Muslime, die in der Europäischen Union leben, die absoluten Opfer von Zbigniew Brzezinskis Theorie des „Tittytainment" geworden. So findet sich zum Beispiel die höchste Dichte an Slot-Maschinen und Geldspielautomaten in Deutschland in den türkisch und arabisch dominierten Bezirken.

Ein von der Deutschen Bundesregierung in Auftrag gegebenes Gutachten, hier auszugsweise wiedergegeben, besagt:

Wissenschaftliche Dienste des Deutschen
Bundestages - Kriterien für die Anerkennung
nationaler Minderheiten
Ausarbeitung WD 3 - 3000 -067/09
Abschluss der Arbeit: 24. März 2009

Fachbereich WD 3: Verfassung und Verwaltung

1. Kriterien für die Anerkennung nationaler
Minderheiten

Die Bundesregierung sieht Gruppen der
Bevölkerung als nationale Minderheiten an, die
folgenden 5 Kriterien entsprechen:

a) Ihre Angehörigen sind deutsche
Staatsangehörige,

b) sie unterscheiden sich vom Mehrheitsvolk
durch eigene Sprache, Kultur und Geschichte,
also eigene Identität,

c) sie wollen diese Identität bewahren,

d) sie sind traditionell in Deutschland heimisch,

e) sie leben hier in angestammten Siedlungsgebieten.

So käme beispielsweise einer Partei, die ~~Türken mit deutscher Staatsangehörigkeit~~ vertreten würde, das Minderheitenprivileg nicht zugute, da dieser Personenkreis nicht als in Deutschland traditionell heimisch und hier in angestammten Siedlungsgebieten lebend angesehen wird.

Gemäß dem Völkerrecht => E/CN.4/Sub.2/384/Rev.1, para. 568., werden Minderheiten folgendermaßen definiert: „Eine Gruppe, die dem Rest der Bevölkerung eines Staates zahlenmäßig unterlegen ist, in einer nicht dominierenden Position, deren Mitglieder - als Staatsangehörige des Staates - ethnische, religiöse oder sprachliche Merkmale aufweisen, die sich von denen der übrigen Bevölkerung unterscheiden und die, wenn auch nur implizit, einen Sinn für Solidarität zeigen, der auf die Erhaltung ihrer Kultur, Traditionen, Religion oder Sprache beruht. "

Der LEKTOR: * falsche Wortwahl, => GG§116. (1) Deutsch ist, wer deutsche Staatsangehörigkeit besitzt!

Kimberly: Ist ein Zitat aus dem Gutachten, kann ich nicht ändern!

Annex; 150 EX/37

ALLGEMEINE ERKLÄRUNG ÜBER DIE RECHTE DER SPRACHEN – VORLÄUFIGER TITEL – Konzept Vereinte Nationen

„Diese Erklärung betrachtet als Sprachgemeinschaft jede menschliche Gemeinschaft, die historisch in einem bestimmten territorialen Raum angesiedelt ist, unabhängig davon, ob dieser Raum anerkannt ist oder nicht, und die sich als Volk identifiziert und eine gemeinsame Sprache als natürliches Mittel der Kommunikation und des kulturellen Zusammenhalts zwischen ihren Mitgliedern entwickelt hat."

Wenn die deutsche Wiedervereinigung eine historische Tatsache ist, so ist der Zuzug der türkischen Gastarbeiter nach Deutschland ebenfalls eine historische Tatsache. Bis zur Wiedervereinigung durften sich die türkischen Gastarbeiter nur in jenen Bezirken niederlassen, die ihnen zugewiesen worden sind. In ihren türkischen Pässen stand gestempelt: „Außerhalb der Bezirke Neukölln und Kreuzberg Zuzug nicht gestattet". Kinder der ersten Generation von Türken, die in Berlin-Neukölln und Kreuzberg zur Welt kamen, sind nach dem Gesetz Deutsche, da diese zum größten Teil durch Einbürgerung die Staatsbürgerschaft erhielten. Sie besitzen ebenfalls die deutschen staatlichen Ausweisdokumente. Die dritte Generation, die in diesen Bezirken zur Welt kam, sind Deutsche in der zweiten Generation, und sind, gemäß dem Völkerrecht, eine Gemeinschaft, die historisch in einem bestimmten territorialen Raum angesiedelt ist.

Während das deutsche Gutachten von „traditionell" spricht, definiert das Völkerrecht es als „historisch".

Die nationalsozialistischen Ethnozidtechniken unterteilte Raphael Lemkin, der Initiator der Menschenrechte, in verschiedene Bereiche. Er unterschied politischen, kulturellen, wirtschaftlichen, sozialen, physischen, biologischen, religiösen und moralischen Ethnozid. Unter der Überschrift „Kulturell" zählte Lemkin verschiedene Maßnahmen auf, die er als Teil des kulturellen Ethnozids betrachtete. Die erste Maßnahme ist das Verbot des Gebrauchs der eigenen Sprache einer Gruppe in Schulen und Druckereien. Die Nationalsozialisten erzwangen Unterricht nach nationalsozialistischen Grundsätzen und schufen Berufsschulen. In Polen wurde polnischen Jugendlichen die Teilnahme an geisteswissenschaftlichen Studien untersagt, da sie „ein unabhängiges nationalpolnisches Denken" entwickeln könnten. Stattdessen wurden die Jugendlichen unerwünschter Gruppen auf Berufsschulen geschickt, um Facharbeiter für die deutsche Industrie zu werden.

Im Bundesland Berlin wurde zur Verschleierung des kulturellen Ethnozids, der nach der Ära

Helmut Kohl schrittweise implementiert wurde, ein anderer Weg gewählt. Die Anforderungen für die Abiturprüfungen wurden schrittweise gesenkt. Die gesenkten Anforderungen führten dazu, dass viele Ausländer, die im Bundesland Bayern, zum Beispiel, das Abitur hätten nicht bestehen können, in Berlin bestanden. So wurden die Statistiken frisiert. Das bedeutet, dass es auch für Ausländer mit mangelnder Bildung nunmehr in Berlin sehr einfach ist, die Abiturprüfung abzulegen. An den Universitäten ist jedoch die Durchfallquote exorbitant hoch. So herrscht bei Ausländern und Deutschen mit Migrationshintergrund, im Vergleich zur deutschen Urbevölkerung, eine hohe Studienabbruchquote vor. Des Weiteren muss jeder Abiturient neben der deutschen Nationalsprache Englisch und eine weitere Fremdsprache beherrschen. Die zweite Wahlpflichtsprache kann eine beliebige Sprache sein, abhängig vom schulischen Angebot. Allerdings wird die türkische Sprache nicht oder nur in stark begrenztem Umfang in das Bildungsangebot aufgenommen. Ein türkischer Abiturient aus einer bildungsfernen Familie, der mit rudimentärem Türkisch aufwuchs, muss Deutsch, Englisch und eine weitere Fremdsprache, d.h., drei Fremdsprachen lernen, während deutsche Muttersprachler nur zwei Fremdsprachen beherrschen müssen, um das Abitur erfolgreich ablegen zu können. Jemand, der die Muttersprache nicht adäquat beherrscht, kann weder differenzierte Gedankengänge formulieren, geschweige denn Fremdsprachen in Gänze effektiv lernen. Diese orwellsche Sprachmodifikation, die im Bundesland Berlin systematisch zur Anwendung kommt, hat dazu geführt, dass die heute fünfundvierzig- bis fünfundfünfzigjährigen Türken weitaus besser Deutsch und Türkisch sprechen als jene, die nach 1995 geboren sind.

In Bezug auf die europäisch-türkischen Gemeinschaften gibt es in dieser Hinsicht natürliche Allianzen und Gegensätze. Gegenstand dieser methodischen Forschung ist die Analyse des Fahrplans zum „Paneuropäischen Kongress der türkischen Minderheit". Es ist eine Untersuchung der sozialen, sozialanthropologischen, geostrategischen, wirtschaftlichen, diplomatischen und rechtlichen Dimensionen des europäischen Kongresses der türkischen Minderheit (ATAK-Avrupa Türk Azinliklar Kurultayi), der unvermeidlich in zukünftigen Dekaden in der Europäischen Gemeinschaft wachsende Bedeutung erlangen wird.

Dr. Neugebauer blieb die Spucke weg ... Fassungslos versuchte er, zu rekonstruieren, was er da las ... Was hatte der Türke vor? Versuchte er auf dem Boden der EU einen Mameluken-Staat zu gründen oder etwa Minderheitenrechte geltend zu machen? Gab das Völkerrecht so etwas überhaupt her? Warum machte eine Henriette Paskowiak bei der Formulierung dieser Ideen überhaupt mit? Den Türken ging es doch gut in

der EU - relativ. Sie konnten ungehindert wirt-
schaften und in ihren selbstgewählten Biotopen
leben ... zwar waren die meisten bildungsfern
und ein wenig mehr als aggro ... aber ... Hmm.
Hatte der EU-Türke überhaupt die intellektuelle
Kapazität, so etwas durchzuziehen?? Er überlegte
kurz ... Es gibt nur vier Möglichkeiten, sprach
er:

1. Die islamischen Minderheiten werden sich
irgendwann beginnen zu organisieren und
bekommen innerhalb der Europäischen Union
„de facto" den Minderheitenstatus über die
Religion oder die Sprache.

2. Wir gewinnen sie für die Mehrheitsgesellschaft und integrieren sie, wie wir es bis
zum Ende der Ära Helmut Kohl geschafft haben,
als der Türke nicht einmal mit Kleidung und
Aussehen auf der Straße auffiel, und gewinnen
diese Menschen für die Gemeinschaft und die
Kultur Europas, für die Mehrheitsgesellschaft auf
gleichberechtigter Ebene.

3. Wir schicken durch Massenentziehung der
Staatsbürgerschaften alle wieder weg in alle
Winkel der Erde, aus denen sie gekommen sind,
ohne Rücksicht auf einen etwaigen Sonderstatus
im Bleiberecht.

4. Nein, die vierte Option, das ist keine Option...
*

Zoltan schleppte immer wieder mal Texte irgendwelcher dubioser Leute zu Dr. Neugebauer. So auch nun wieder den Text eines „Freundes" ... Erneut einer dieser Lungenembolie-Kandidaten, wie Dr. Harald Neugebauer es formulierte ... Er schlug ein zufälliges Kapitel auf:

... Die Initiation der Konzeptkünste wurde in den 1950er Jahren von der westlichen Allianz den westlichen Gesellschaften anthropologisch schrittweise oktroyiert. Alle wesentlichen Kunstformen wurden durch die Konzeptkunst bereits verdrängt. Die Idee, die hier übermittelt wurde, war die, dass alles Kunst sei und ein jeder ein Künstler sein könne, wenn er wolle. Die Intention, die dahinter stand, war, den Begriff der Ästhetik zu modifizieren und die kulturellen Burgen zu schleifen: Film, Musik, Belletristik, bildliche Darstellung. Alles, was dazu taugte, die Wahrnehmung zu profanieren, wurde gemäß der klassischen Konditionierung à la Pawlow in die Kunst perpetuell integriert. Einen Shakespeare-Darsteller wie Sir Laurence Olivier wird es nicht mehr geben, auch keinen Van Gogh, stattdessen werden Menschen mit profanem Kunstverständnis als Multiplikatoren eingesetzt. Der Professor für Kunst installiert nun Luftballons, die mit Propellern betrieben werden und in der Luft auf und absteigen, diesem ist die Förderung garantiert. Ein Hausschwein kotzt gegen eine Leinwand und ein Affe kippt Farbe drüber, das ist Konzeptkunst. Das Bild wird nunmehr für eine

53

Million Euro verkauft. Kunst der Kunst wegen gibt es nicht mehr, sie ist nunmehr ein monetäres Konsumgut. Alles profane wird hoffähig und Graffiti mit einem Fettmarker ist Botticelli gleichwertig und Rap dem Beethoven. Die profanste pädagogische Kunstform ist die der Konzeptkünste. Neben der Musik aber dient der Film als Fundament der Erziehungsmethodologie. Dass Filme die strategisch relevanteste Erziehungsmethodologie sind, können wir daran erkennen, dass, wenn wir Strom oder Wasser nicht bezahlen, diese sehr bald vom Versorger abgestellt werden. Hingegen wird bei einer Verweigerung der Fernseh- und Rundfunkgebühren der Empfang nicht abgestellt, aber dafür kommen wir ins Gefängnis ...

Das Beispiel eines Manuskriptes für eine Sitcom:

Apartment-Wohnzimmer - am Tisch

Zwei Leute spielen Schach und rauchen einen Joint mit Gras.

Ein Mann kotzt sich fortlaufend den Magen aus dem Leib in einen Plastikeimer. Er trägt eine Brille: im rechten Auge unter dem Glas steckt eine Papierserviette. Keiner beachtet ihn.

Die zwei spielen sehr konzentriert
Schach – ein Mann mit einem spitzen
Hut aus Aluminiumfolie und ein
Transvestit / geschminkt (Chinese).
Eine alte Frau / Chinesin sitzt im
Hintergrund auf einem Sessel und
schaut in Richtung eines Aquariums
und kichert vor sich hin.

Oma: „Ooh, shit"

 Und weiter in Chinesisch:

„zhi shi tai hao le"

 Continuous:

„The monkey king yes, yes, das war
der monkey king".

Auf dem Boden liegt ein zusammen-
gerollter Teppich, in dem sich eine
Person befindet, die sich nicht
rührt. Der Mann mit dem Aluhut macht
einen Zug auf dem Schachbrett.
Keiner spricht. Im Hintergrund
spielt das finnische Lied „Levan
Polka". Auf dem Tisch liegen eine
halbleere Flasche Olmeca und Kar-
toffelchips.

Oma schaut zum Aquarium und spricht:

„Nein, nein das war der Genosse Chen, er war schon immer Experte in Kung Fu - ooh ja"

Aluhut:

„Wie viele von den Keksen hat sie gegessen?"

Drag:

„Ich weiß es nicht, aber ich denke das halbe Blech."

Aluhut:

„Und die Teppich-Leiche?"

Drag:

„Ich denke, die andere Hälfte. Die Kotztüte hatte die Kekse gebacken und ging los, um Junk-Food zu kaufen. Als er zurückkam, war meine Oma schon da und hatte mit der Teppich-Leiche, mit einer Kanne Earl-Gray-Tee, das ganze Blech bereits leergegessen."

Der Teppich rollt sich auf. Ein Schwarzer mit nacktem Oberkörper steht auf, fasst sich mit beiden Händen an den Kopf und schreit den Tarzanruf.

Oma schaut zum Schwarzen:

„Oh; shi; den kenne ich, das ist Jackie Chan."

Drag macht einen Schachzug. Keiner beachtet den Schwarzen. Drag greift sich eine Handvoll Chips.

Schwarzer:

„Ich glaube, ich habe Mini-Minions im Hirn, die haben da was zu tun mit Presslufthämmern. Die sind in meinem Gehirn. Die bauen da etwas, etwas wichtiges."

Aluhut:

„Der Kotzeimer hat aufgehört zu kotzen."

Drag:

„Nein. Er ist ohnmächtig, aber er kotzt weiter; sieh doch." Beide schauen zum Mann mit dem Kotzeimer, der, obwohl ohnmächtig, immer noch einen Würgereiz hat.

„Oma, kochst du uns was zu essen?"

Schwarzer:

„Ich muss mich beeilen" … und
beginnt auf der Stelle zu joggen,
ohne sich fortzubewegen.

Schachspiel.

Drag:

„Ich habe Hunger. Oma … Kochst du
uns was zu essen?"

Aluhut:

„Dass genau heute deine Oma zu
Besuch kommen musste. Und die Teppich-Leiche dachte, deine Oma habe
die Kekse gebacken."

Oma:

„Da kommen Schweine aus der Wand"

Sie geht zum Aquarium und fischt mit
dem Fischnetz die Fische einzeln aus
dem Aquarium und geht aus dem
Zimmer.

Schwarzer:

„Ich komme zu spät …" und beginnt
schneller im Stehen zu laufen.

Schachspiel geht weiter. 3 Minuten
später kommt die Oma zurück in das
Zimmer und serviert chinesische Ins-
tantnudeln.

Aluhut: „Deine Oma sieht irgendwie grün im Gesicht aus."

Beide schauen zu der Oma. Und dann der Aluhut:

„Hey Marathon-Mann …, du bist außer Gefahr …, komm essen …"

Der Schwarze stoppt das Laufen und kommt langsam zum Tisch und setzt sich dazu.

Drag:

„Oma, was hast du gekocht? Was ist das?"

Oma:

„Das sind chinesische Yum-Yum mit Schweinefleisch."

Aluhut:

„Krass, das ist kein Schweine-fleisch. Das sind die Fische aus dem Aquarium"

Drag:

„Oma, du hast meine Aquarienfische gekillt. Du hast in den Nudeln die Fische gekocht."

Oma:

„Nein habe ich nicht. Die Fische
sind roh, nur die Nudeln sind
gekocht."

Drag:

„Oma, was ist das? Was hast du da
gekocht?"

Oma:

„Ich glaube, das ist chinesisches
Sushi mit Yum-Yum.

Aluhut:

„Na besser als gar nichts."

Drei Personen sitzen am Tisch, aber
nur zwei Teller mit Essen auf dem
Tisch. Der Schwarze sitzt wortlos am
Tisch und macht nichts. Oma geht zum
Sessel, setzt sich hin und schläft
ein.

Schwarzer:

„Ich bin müde, ich gehe schlafen"

… und knallt mit dem Kopf auf den
Tisch und beginnt zu schnarchen.

Aluhut:

„Deine Aquarienfische mit Nudeln
haben gut geschmeckt. Deine Oma kann

echt gut kochen. Ich bin auch müde,
ich lege mich in dein Bett."

Drag:

„Warte, ich komme mit. Ich brauche
auch ein wenig Schlaf. Ist genug für
heute."

Aluhut:

„Ok, aber bringe die Nippelklemmen
mit ..."

„Na dann, prost", sprach Dr. Neugebauer und
reckte den Arm mit der Flasche in die Höhe, „...
auf die Dekadenz ... und den zigfachen Tod von
Hans Moser, Theo Lingen, Loriot und Fernandel
..." Er nahm einen Schluck Köstritzer, stand
vom Computer auf, ging zum DVD-Player und
legte einen alten Film ein. Das Spukschloss im
Spessart mit Liselotte Pulver in der Hauptrolle.
„Cool ist, was diese faschistischen Mutanten als
uncool empfinden", sprach er, während er das
Fernsehgerät anschaltete und sich auf die Leder-
couch warf. „Ich muss nun schon aus Prinzip
einen Filmabend mit alten Filmen pro Woche
einplanen ..."

„Homo ludens, ego sum", sprach er laut zu sich
selbst. Kultur ist spielen; und Spielen ist gemäß
der Definition der Gebrüder Grimm „eine Tätigkeit die man nicht um ein Resultat oder prakti-

schen Zweckes willen, sondern zum Zeitvertreib, zur Unterhaltung und zum Vergnügen übt." Eben einfach einen Film ohne unterschwellige Unterbewusstseins-Schock-Momente ansehen und gute Laune bekommen, dachte er.

*

Am nächsten Morgen stand Dr. Neugebauer immer noch unter dem dekadenten Bann dieser Vulgarität und der Trivialität und grübelte über die Aussagekraft dieser Nippel-Klemmen-Sitcom-Story vom Vortag.

Er startete einen Versuch der Analyse der unterschwelligen Botschaft, des vermeintlich sarkastischen Sitcom-Mülls in Kombination mit der Beschreibung der Konzeptkünste ...

Er erinnerte sich, dass er schon zuvor mit dem Begriff der Konzeptkünste in Berührung gekommen war. Ein „russischer" Künstler mit dem schönen Namen Marius Shevanetkin hatte zu einer Zeit, als ein Bulgare den Reichstag mit Papier ummantelte, die Idee, Klopapier auf einer Wiese auszurollen, während er in einem Eierschalenkostüm über die Wiese lief und sich dabei von einem Profi-Fotografen ablichten ließ. Zur Entschuldigung der Russen, grinste Dr. Neugebauer innerlich, muss man anmerken, dass dieser „russische Künstler" höchstwahrscheinlich mehr ein georgischer Melonenverkäufer war als ein Russe ... Er hatte die Fotos bei einer Vernissage über die Freiheit der Künste begutachtet, während neben ihm eine Putzfrau eine mit Schlamm verschmierte Badewanne säuberte. Auf bizarre Weise ist er so ein Zeuge der Wahrnehmung von Konzeptkunst durch den einfachen, sich über seine Arbeit definierenden Menschen, dem anthropologischen Homo faber, geworden. Es stellte sich später heraus, dass diese mit Schlamm beschmierte Badewanne das Hauptkunstwerk der Vernissage gewesen war, aber die Putzfrau das Kunstwerk einfach nur für das hielt, was es war, nämlich eine dreckige Badewanne, die sie kurzerhand säuberte. Es endete damit, dass die alte pragmatische Putzfrau mit gesundem Menschenverstand, die, nachdem sie erfuhr, dass sie das Kunstwerk vernichtet hatte, vorschlug, vom Hof Schlamm zu holen und es erneut zu verdrecken, nicht nur gefeuert, sondern darüber hinaus verklagt wurde, ein wertvolles Kunstwerk zerstört zu haben ...

Dr. Neugebauer sah aus dem Fenster und dachte nach ... Er ging zu seinem Schreibtisch, zog ein leeres Blatt Papier heran, überlegte kurz und begann zügig zu schreiben:

Die semiotische Analyse der Konzeptkunst anhand eines Sitcom-Sketches ...

Er schloss die Augen und rekapitulierte die Grundsätze der Semiotik, einer Wissenschaft, die zwar nicht verboten war, aber einfach nirgendwo unterrichtet wurde ... Der größte und wichtigste

Semiotiker, dachte er, war wohl der Italiener Umberto Eco. Ein Querdenker durch und durch … Querdenker wie Eco und Da Vinci hatten durch die Jahrhunderte Europa zu dem gemacht, was dem Kontinent Größe verlieh … „Auf die Querdenker wie Hermann Oberth und Max Planck, Mozart, Beethoven und Ludwig Wittgenstein", rief er und stieß, Wittgenstein zitierend, in Richtung eines imaginären Gesprächspartners mit Köstritzer Bier in der Flasche an: „Revolutionär wird der sein, der sich selbst revolutionieren kann …" Er schrieb weiter:

Das aus der kulturanthropologischen Betrachtungsweise des alltäglichen Lebens formulierte Narrativ des Querdenkers postuliert seit jeher, dem Absolutismus der traditionellen Perspektive und der Wahrnehmung der relativen empirischen Realität durch den Homo ludens, dem spielenden Menschen, holistische Nonkonformität entgegenzustellen …

Er schloss abermals die Augen und rekapitulierte die Axiome der Semiotik: Die Semiotik ist keine methodologische Disziplin, sondern ein Forschungsfeld von verschiedenen Untersuchungen. Dr. Neugebauer begann wieder zu schreiben:

Kultur: Primärkultur oder Multikulti? Primärkultur jeglicher Art ist die Basis einer jeden Zivilisation. Multikulti hingegen erzeugt ausschließlich unabhängige Stammeskulturen, die eben diese auch verwässern,

bis eine kulturlose Monokultur übrig bleibt.
Europas Primärkultur prägte durch abend-
ländische Wertschöpfung und dynamische
kulturelle Dominanz den gesamten Globus.
Multikulti ist hingegen ein System, bei dem
es keine objektive primäre Kultur mehr gibt,
sondern nur noch subjektive Subkulturen.
Die Semiotik ist die Auffassung von Kultur
als einem metasprachlichen Zeichensystem
mit den ihm inhärenten Kommunikations-
variationen. Ein Symbolsystem, das
bestimmte Informationen qua Übereinkunft
repräsentiert, dient als Code. Die existie-
renden Regeln und Codes sind Resultate
kultureller Übereinkunft beziehungsweise
Indoktrination. Ein wichtiges Beispiel ist die
Para-Sprache ...

Ihm fielen seine Lieblingswörter der Para-Sprache ein: Robustes Mandat - will sagen, die
Bundeswehr wird irgendwo in der Welt Leute
abknallen ... Oder das Dresdner-Pack-Syndrom
für Frauen und Kinder, die ihre Ängste kundtun.
Ebenfalls das Wort Vaterland, welches allein aus-
gesprochen, ein fades und unruhiges, ja, ein
mulmiges Gefühl erzeugt und das man besser
nur hinter vorgehaltener Hand leise ausspricht.
Er schrieb:

Der italienische Schriftsteller Ignazio Silone
sagte einst: Wenn der Faschismus wieder-
kehrt, wird er nicht sagen: «Ich bin der
Faschismus» Nein, er wird sagen: «Ich bin der

Antifaschismus». Durch die Para-Sprache initiierte die Obrigkeit erfolgreich die Umprogrammierung der deutschen Gesellschaft. Friedrich Nietzsche umschreibt diesen Nihilismus und den Niedergang der Kultur als das „Wertloswerden der obersten Werte". Werte, so Nietzsche, sind perspektivisch durch das jeweilige „Herrschaftsgebilde" zu betrachten und werden durch Umwertung der Werte ausgebildet. Nicht nur nationalsozialistisches Gedankengut wurde durch anthropologisch-edukative Applikationen herausextrahiert, auch der gesamte Wertekanon des Abendlandes wurde nicht nur in Frage gestellt, sondern ebenso relativiert, profaniert und als Faschismus deklariert. Somit soll sich der westeuropäische Kulturmensch für die Kulturschöpfung vergangener Jahrhunderte schuldig fühlen. Benito Mussolini hat den Faschismus 1934 folgendermaßen beschrieben: „Der Faschismus sollte Korporatismus heißen, weil er die perfekte Verschmelzung der Macht von Regierung und Konzernen ist." Durch revolutionäre Überwindung des Staates und der kapitalistischen Gesellschaft sowie die Kollektivierung der Völker Westeuropas soll eine neue staaten- und klassenlose Gesellschaftsordnung in einem System des Anarchosyndikalismus errichtet werden. Diese in Europa eingestanzte Systemtheorie wurde mit dem faschistischen Ideal des Korporatismus symbiotisch in Einklang gebracht. Das neu installierte System geht allerdings hier einen Schritt weiter, indem ein Anarcho-Korporatismus oktroyiert wird. Während im Nationalsozialismus auf einer entartet völkisch-narzisstischen Ebene immer noch zumindest eine unikale Kultur in Form der Monokultur existiert, die über rudimentäre kulturelle Werthaltigkeit verfügt, stellt der nihilistische Anarcho-Korporatismus als kulturlose gesellschaftliche Organisationsform die extreme politische Form des Faschismus dar, in dem das durch Absorption von jeglichen kulturellen Eigenschaften losgelöste Individuum lediglich eine subjektive Subkultur aufweist, die sich ausschließlich über Konsum definiert und in der die Kollektivmasse nur als domestiziertes Humankapital einen Wert besitzt. Da keine übergeordneten kulturellen Werte mehr existieren (dürfen), wird die kollektive Identität nunmehr durch die Über-Individualisierung der Bevölkerung atomisiert. Die inhaltlich kulturell wertfreie Kollektivmasse, die atomisierten Subjekte, definieren ihren Wert und ihren Habitus ausschließlich über den Konsum. Den Marxschen Klassenkampf gibt es in einem nihilistisch-werteabsorbierenden System nicht mehr, da außer den in unterschiedliche Segmente separierten Konsumenten keine Klassen mehr existieren. Das monetäre Element, ein im Prinzip unpersönlicher, willkürlicher, imaginärer Primär-Akteur, übernimmt aufgrund seiner auf Wertschöpfung basierenden Eigenschaften die Rolle des Souveräns. Der individuelle monetäre Verfügungsrahmen limitiert die intrinsische Motivation des Einzelnen und grenzt den Radius seiner Partizipation an der Gesellschaft ein ... Ein Konformist, der es wagt, gemeinsame kulturelle, sittliche oder religiöse Werte zu leben, zu praktizieren oder zu glauben transformiert sich zum Häretiker des nihilistischen Anarcho-Korporatismus. Das System wird dann zur Inquisition des Häretikers. Dadurch nimmt der europäische Kulturmensch die Rolle des metaphorischen „Jüngerschen Tiers" an, das von Ernst Jünger, als „die Lage des Haustieres, die die des Schlachttieres nach sich zieht ..." beschrieben wird. Die Auflösung des kapitalistischen Systems und der Übergang in den Anarcho-Korporatismus begann, als der Staat in sozialistischer Manier als neuer Hauptakteur entschied, welche juristische Rechtspersönlichkeit als systemrelevant deklariert wurde und deswegen besonderer Protektion bedurfte. Die Konklusion ist, mit den Worten von Karlheinz Karius formuliert, wie folgt: Die Macht der Logik hilft Fragen zu beantworten. Die Logik der Macht (hingegen) liquidiert den Fragesteller. Eine weitere semiotische Phrase ist die des „rechtsradikalen Nazis" als Synonym für jeglichen Nonkonformisten, den „Falsch-denker", der ein „Gedankenverbrechen" in einem linksfaschistischen System, im System des Anarcho-Korporatismus begeht, in dem er eine Frage aufwirft, wie zum Beispiel, was Kultur noch sein könnte. Immanuel Kant schreibt dazu, dass „... die Vernunft aber ihrer Natur nach frei ist und keine Befehle etwas für wahr zu halten annimmt". Die Nationalsozialisten generierten 1920 hierbei die Begrifflichkeit der „Entarteten Kunst", die auch kulturelle Strömungen einbezog. Die aufgeworfene Fragestellung, was Kultur sein könnte, lässt dann die Obrigkeit wie in dem Märchen Des Kaisers neue Kleider von Hans Christian Andersen nackt dastehen. Seiner Natur gemäß kann der Faschismus nicht einmal eine Fragestellung im Konjunktiv tolerieren - ganz zu schweigen eine Aussage über das Konzept des Status quo der Gesellschaftsordnung und der oktroyierten Monokultur ungestraft gestatten. Es ist unerträglich für den Faschisten, wenn seine operative Befehlshierarchie nicht vollständig implementiert ist, wenn die einzelnen Hierarchieebenen nicht bedingungslos akzeptiert oder gar als Ganzes in Frage gestellt werden. Somit ist die absolutistische Intoleranz der Primärcharakter des Faschisten. Je unqualifizierter der System-Apparatschik, der politische Kapo, desto schneller ist in der faschistischen Hierarchiekette die Karrieremöglichkeit gegeben. Denn das einzige ausschlaggebende Kriterium ist bedingungsloser Gehorsam im Sinne der faschistischen Agenda und totale Abhängigkeit vom faschistischen System. Der System-Kapo ist nunmehr nur noch ein Lobbyist, ein bezahlter Legionär im Orbit der monetären Obrigkeit, die implizit edukativ genau dies postuliert und als Belohnung für absolute Hörigkeit den Aufstieg in der Hierarchie und eine Übertragung etwaiger Machtmechanismen in Aussicht stellt. Das Perfide nun aber ist die Pervertierung, Aushöhlung und Umwertung des Begriffes Nazi. Dadurch wird der Brandstifter zum Feuerwehrmann erkoren. Nazis sind immer die anderen Nonkonformisten, die mit gutem Gewissen gehasst werden können, dürfen und sollen, da Andersdenkende nicht mit der faschistischen Agenda kompatibel sind und als Paria zu mindestens gezüchtigt, ja bestenfalls umgedreht werden müssen. Aber niemals wird der kleinbürgerlich-narzisstische Systemling, der das gesellschaftliche Fundament des faschistischen Systems bildet, erkennen, dass die Geschichte nicht nur vergangene Statik ist, sondern ebenso heutige Dynamik, die Schlüsse hinsichtlich der Zukunft induziert. Nonkonformisten hingegen sind immer in dem in der Werthaltigkeit umgedeuteten semiotischen Schlüsselwort „Faschist" die Schuldigen, unabhängig davon, ob sie Perser, südafrikanische Schwarze, türkische Literaten oder eben ganz durchschnittliche spirituelle oder pragmatische Deutsche sind, die etwas mitzuteilen haben ... Die Nazi-Keule, ist ein Regiesignal, das der Protagonist gefälligst in das Schauspiel zu integrieren hat, aber vorher soll jener, dessen Gehirnsynapsen nicht gemäß der Systemagenda formatiert sind, sich durch Selbstleugnung läutern. Weil im Unterbewusstsein des Deutschen die imperative Erbschuld akzeptiert wird, artikulieren sich Neudeutsche objektiver für Deutschland, da deren Perspektive aufgrund ihrer schematischen Betrachtungsweise eine andere ist. Die Ontologie des Faschismus kreiert die konsequente Dominanz des unikalen Ideals als obligatorisches Faktum des Denkmusters der Masse; das Individuum ist hier nur von relativ peripherer Relevanz. Die Pathologie des Faschismus ist narzisstische Selbstverherrlichung durch Ego-Inflation, die zum Massenphänomen stilisiert wird. Dem gegenüber steht der Kulturmensch, der Homo ludens, welcher den Patriotismus als einen gesunden kulturellen Habitus lebt und erlebt. Heimatgefühl gemäß Karl Popper ist eine fundamentale Basis der Pädagogik und eine Primärebene, auf der das Individuum in soziale und kulturelle Interaktion mit anderen Individuen tritt.

Sophie Scholl sagte einst: „Was wir sagten und schrieben, denken ja so viele. Nur wagen sie nicht, es auszusprechen."
Sie sagte ebenfalls: „Steh zu den Dingen, an die Du glaubst, auch wenn du alleine dort stehst".

Sophie Scholls Widerstand gegen den Faschismus erwuchs aus ihrem tiefen christlichen Glauben und ihrer Spiritualität. Dem gegenüber steht heute als Antipode der linke Faschist, der Konsum-Korporatist; und in dessen Unterbewusstsein lautet das Paradigma: „Konsumiere! Denn es gibt keinen Gott, keinen Staat, kein Vaterland, keine Fahne und keine Primärkultur". Der nihilistische Konsum-Korporatist in seiner Rolle als Obrigkeit deklariert kulturelle Werte als obsolet, weil sie im Konzept des Konsums und der Hörigkeit gegenüber den Oberen als nicht systemrelevant oder sogar als systemfeindlich angesehen werden. Der Nihilismus in der Gesellschaft zeigt sich im Zusammenbruch des Weltbildes und der Kultur des Homo ludens, des spielenden Menschen. Das ist anarchistischer Terror gegen die Kultur und Missbrauch, Vergewaltigung und Neutralisierung der Ästhetik und damit die Abschaffung des Homo ludens occidentalis, des spielenden Menschen des Abendlandes, welcher seine kulturelle Kommunikation über das Element des Spielens definiert. Es ist

sozusagen die absolute Vernichtung des europäischen Kulturmenschen. Ludwig Wittgenstein hat die materialistische Kultur, die
auf den Errungenschaften der modernen Wissenschaft und Technik beruht, analysiert.
Sein Fazit war, dass die Art von Kultur, die
die Menschheit in die richtige Richtung führt,
die geistige Kultur ist, die auf ewigen Werten
beruht. Es sind die ewigen Werte, die den Kern
der spirituellen Kultur der Menschheit aus-
machen. Die Ergebnisse der industriellen
Revolution, das irrationale Wachstum der
Märkte und die gierige Wirtschaft, die sich in
der imperialistischen Politik der Regierungen
zeigt, sind, so Wittgenstein, keine Kultur.
Kultur umfasste für ihn vielmehr die Moral
und den Anstand der Gesellschaft, die Religion, die Ethik, die Sprache und die Art und
Weise, wie sie die Welt und die Natur begreift.
Laut Wittgenstein ist Kultur nicht als eine
einzige Einheit zu verstehen, sondern enthält
vielmehr verschiedene Aspekte wie Ethik,
Werte, Religion, Sprache. Weitere semiotische
Codes sind die musikalischen Facetten, ange-
fangen von den Pythagoreern, die versuchten,
ein streng strukturiertes System zu besch-
reiben, bis zum disharmonischen Death Metal
als Musikrichtung und als Informations-
träger und Unterbewusstseinsprogrammierung
durch Schockeffekte und Stress. Ein anderes
Axiom ist die Semiotik der Architektur als
wichtiges Prinzip ... Wie ist die Symbolt-

rächtigkeit der Architektur zur Programmierung des Unterbewussten zu analysieren? Was kommunizieren uns architektonisch die oft unpersönlichen Neubauten in Deutschland? Warum sind z.B. in Berlin alle Gebäude niedrig, meistens nur 4 Stockwerke hoch? Was symbolisieren Wolkenkratzer? Nur in Frankfurt am Main, der schlechteren Kopie der City of London, gibt es Wolkenkratzer. Architektur signalisiert mit ihren phallusartig nach oben schießenden Gebäuden, wie auf dem Alexanderplatz oder in Frankfurt am Main, Potenz und Aufbruchsstimmung. Auch kann sie den Anspruch auf Größe und Stärke geltend machen, wie die von Albert Speer entworfenen Gebäude des Flughafens Tempelhof. Oder aber im Ostteil der Stadt, indem teilweise der Neoklassizismus mit dem sowjetischen Anspruch auf Weltdominanz und Gleichschaltung vorherrscht. Die Semiotik der visuellen Kommunikation ist die Domäne des Korporatismus ...

Dr. Neugebauer lachte sarkastisch auf und dachte: Es heißt ja, dass der Mensch die Freiheit hat, die Freiheit nämlich, sich zu entscheiden, welches TV-Programm, das sein Unterbewusstsein umprogrammiert, er wählt ... Sie haben ja nicht mal die Namensgebung geändert ...

Wir haben die Freiheit zu entscheiden, welches TV-Programm oder welcher YouTube-Kanal unser Unterbewusstsein umprogrammiert oder als geistige Müllhalde nutzt ... Und wir, die Nachrichtenabhängigen, die immer informiert sein müssen, verpassen, während wir uns in einer Dauerwerbesendung für informiert halten, die Essenz – nämlich, das Leben an sich. Wir bezahlen mit Lebenszeit diesen paralysierenden Konsum von leerem Information-Overload. Der Mensch bleibt zurück als Getriebener, der keine Zeit mehr hat, stehen zu bleiben und die Welt wahrzunehmen so wie sie ist, unverzerrt. Das soll heißen, dass die Perspektive der links-faschistischen Obrigkeit eine verzerrte Wahrnehmung der Welt und des damit verbundenen Wertekanons ist, die den Menschen verächtlich als kulturell wertfreies Humankapital und Konsumenten definiert.

Die Analyse der Sitcom war relativ einfach ...

Ein Schwarzer, ein Transvestit, eine Chinesin, und ein Aluhut.

Das politisch Korrekte in der Implementierung. Der weiße Heteromann und die weiße Frau sollten sich hierbei ausgeschlossen fühlen. Ein Großteil der Gesellschaft wird zu einer Minderheit degradiert. Mit der Kulturdroge als Würze obendrauf, überindividualisiert und hedonistisch. Das Leben als Konsum. Das Resultat können wir in allen Schichten der Gesellschaft wahrnehmen. Übermenschliche Protagonisten oder marginale Minderheitencharaktere in jedem, wirklich jedem Spielfilm bewirken, dass die visuelle Kommunikation in Filmkanälen dazu führt, Generationen heranzuziehen, denen die eigenen Körper nicht mehr genügen und die in sich ein künstlich erzeugtes Bedürfnis nach einem körperlichen Upgrade verspüren. Das semiotische Wort hierfür heißt „Schönheitswahn" ... Ein Beispiel ist die Tattoo-Mode zur Veredelung des eigenen Ich-Bildes, die in der Vergangenheit nur von imaginären Randgruppen genutzt wurde. Das Tattoo an sich ist ein semiotisches Signal dafür, dass die Applikation der Umwertung der Werte erfolgreich stattfindet. Die Erkenntnis der eigenen körperlichen Unzulänglichkeit erheischt Kompensation in Form gesteigerten Konsums von Luxusgütern oder kulminiert in extremem Gesundheitswahn.

Harald Neugebauer dachte nach und schrieb weiter: Die beiden Hauptziele, die die Kommunistische Partei Kambodschas, genannt Angka, drastisch initiierte, waren:

1. Zerstörung der intellektuellen Elite und der Bourgeoise des Landes, um eine unpersönliche Prekariatsgesellschaft

zu etablieren. Alle akademisch Gebildeten wurden neutralisiert (ein semiotisches Wort für ermordet). Auch wurden keine weiteren Akademiker mehr ausgebildet. Zurück in die Steinzeit hieß das Motto.

2. Zerstörung der Familie und Implementierung einer von traditionellen Bindungen losgelösten Wertepädagogik, nach deren gesellschaftlichen Normen die Stellung des Individuums in der Gesellschaft radikal neu definiert wird.

Alle anderen Ereignisse waren Resultate dieser paradigmatischen Umwälzungen. Die Erziehung der Kinder wurde ausschließlich von der KP vorgenommen. Die Familie im klassischen Wertemodell war der Feind des Systems und deswegen obsolet. Aber nicht nur Kambodscha dient als Anwendungsmodell für die Linksfaschisten, sondern auch Nordkorea. Bei der Betrachtung des nordkoreanischen Verkehrswesens kann festgestellt werden, dass nur sehr wenig Autos auf den Straßen von Pjöngjang unterwegs sind. Die Bevölkerung nutzt hauptsächlich Busse, Fahrräder oder ist zu Fuß unterwegs. Die soziologische Idee dahinter ist nicht der nordkoreanische Umweltschutzgedanke des Dschudsche-Systems, sondern ein ganz simpler. Die

Mobilität der Bevölkerung soll extrem eingeschränkt und stark kontrolliert werden.

Die Perfidie der EU-Linksfaschisten ist aber, dass sie hierbei weiter gehen, dachte Dr. Neugebauer.

Sexualität ist nicht mehr „Ein-Fleisch-Werdung", sondern stattdessen hedonistische Selbstverfremdung und die Illusion von Freiheit und Individualität, von Konsum und Hochleistungssport. Mit der frühkindlichen Sexualisierung durch Pornographie sowie der hedonistischen Programmierung vorpubertärer Kinder ist aber noch nicht der Zenit erreicht. Die Herabsetzung des Wahlalters schrittweise auf 16 Jahre und dann weiter auf 14 Jahre, gibt der Obrigkeit die Möglichkeit, durch die Hintertür des Wahlrechts der pädophilen Agenda gerecht zu werden, denn wer wählen kann, hat auch das Recht auf Sexualität ...

Das Telefon klingelte. Auf dem Display stand: Zoltan. „Hallo Zoltan", sprach Dr. Neugebauer, „wie ..." „Sie ist tot", erklang rau Zoltans Stimme im Hörer, „Henriette ist tot." Es herrschte langes Schweigen auf beiden Seiten der Leitung. „Was ist passiert?" fragte Dr. Neugebauer. „Henriette bekam plötzlich heute Morgen eine Thrombose und ist verstorben." „Was? Wie?" ..." „Ja sie hatte eine Thrombose", jaulte Zoltan „und sie ist einfach verstorben." „Aber ...", rang Dr. Neugebauer nach einer Antwort. Zoltan legte auf. Nach etwa zwei Minuten klingelte das Telefon erneut. „Ja, Zoltan ... lassen Sie uns treffen." „Nein", antwortete Zoltan, „Sie haben das Manuskript ... heben Sie es gut auf ... an der letzten Seite ist eine Visitenkarte angetackert ... rufen Sie da an ... Henriette hat so etwas befürchtet." „Von wem ist die Visitenkarte?" „Es ist die Visitenkarte des Co-Autors", sagte Zoltan, „nach der Beerdigung fahre ich mit Alpaslan nach Prag." „Wer ist Alpaslan?" fragte Dr. Neugebauer. „Der, der den Co-Autor kennt", entgegnete Zoltan. „Kommen Sie nicht zur Beerdigung, wir treffen uns in Prag, später." Und legte wieder auf.

Lektor: Das Wiedersehen, der 3 Protagonisten in Prag, unter welchen Umständen auch immer, ist für die Geschichte nicht von essenzieller Relevanz, es könnte sein, dass dieser Teil einen Durchhänger erzeugt und das Narrativ eine andere als die beabsichtigte Werthaltigkeit bekommt.

Kimberly: Also gut, ich werde es dann kurz halten ...

*

Prag, 1. Mai

Dr. Neugebauer weinte still vor sich hin und es war ihm egal, ob seine Tränen flossen oder nicht. Er hatte seit über einem Monat nicht gebadet und er roch merklich unangenehm. Seine verfilzten und rudimentär mit der Hand gekämmten Haare waren von Dreck verklebt. Dr. Neuge-

79

bauer wusste, dass ihm nur einige Minuten Zeit blieben, bis er entdeckt werden würde. Er sah hinab auf das Bett, in dem Zoltan lag. Auch Zoltan hatte glasige, tränenfeuchte Augen. Zoltan nickte Dr. Neugebauer unmerklich mit den Augen zu, als ob er um Erlösung und Absolution flehte. „Ja, mein Guter, es wird alles gut", flüsterte Dr. Harald Neugebauer und stockte. Seine Schilddrüse verkrampfte sich ... Er hielt mit der linken Hand die Nasenlöcher und den Mund des Zoltan Paskowiak zu und sah von ihm weg. Dieser begann unmerklich zu zucken und zu röcheln und zu beben. Das Zucken dauerte über zwei Minuten. Hätte sich Zoltan Paskowiak bewegen können, so hätte sein Überlebenswillen reflexhaft Dr. Neugebauers Hand weggerissen. Aber Zoltan bebte nur paralysiert in langsamer Erstickung. Dr. Neugebauer, der seinen Kopf fortgedreht hatte, öffnete seine tränennassen Augen. Sein geröteter Blick kreuzte den des im Nachbarbett liegenden Mannes. Alpaslan blickte ihm tief in die Augen. Dr. Neugebauer erkannte im Blick der armseligen Kreatur das Flehen um Hilfe. Aber er konnte nicht, er konnte nicht. Zoltans Röcheln hatte aufgehört. Zoltan war tot. Dr. Neugebauer hatte Zoltan erstickt. Panik brach in seinem Hirn aus, ein Orkan aus Gefühlen und seelischem Schmerz. Alpaslan, der im Nebenbett lag, versuchte Dr. Neugebauer durch ein leichtes, schwaches Stöhnen auf sich aufmerksam zu machen. Dr. Neugebauer hatte nicht die Kraft, noch einen weiteren Menschen zu töten. Er sah

hilflos und ohne Hoffnung in die Augen Alpas-
lans, die stille Hilfeschreie nach Erlösung aus-
sandten. Aber Harald Neugebauer konnte nicht.
Er lief aus dem Zimmer, ohne sich umzudrehen
und ohne Alpaslan noch einmal anzusehen.
Harald Neugebauer hetzte hinaus und rannte die
Notfalltreppen hinunter, verließ das Gebäude
und rannte und lief, bis er nicht mehr rennen
konnte und seine Lungen wie Feuer brannten. Er
blieb abrupt stehen, beugte sich vor und schrie,
so laut er konnte, und begann laut schreiend zu
weinen.

*

Dr. Harald Neugebauer atmete tief ein und
betrat die Telefonzelle, die lange Zeit nicht
genutzt worden zu sein schien. Er sah noch einmal auf die türkisfarbene Visitenkarte, auf deren
Vorderseite eine Mobilfunknummer und der
Name Alpaslan standen. Auf der Rückseite der
Visitenkarte war eine Skype-Telefonnummer mit
einer US-amerikanischen Vorwahl. Er las die
Worte „Kurgan Börteçine". Dr. Neugebauer
wusste, was diese kryptischen Worte bedeuteten.
Sie entstammten der Epen-Welt der Turkvölker,
nicht der Türken per se, sondern der Sagenwelt
aller, die sich in irgendeiner Weise als Türken im
weitesten Sinne sahen oder verstanden.

Er hatte vor einigen Jahren auf seiner Studienreise durch China die Kurgane, Hügelgräber der
Qing-Dynastie der Mandschuherrscher im auto-

nomen Kreis Xinbin, besucht, Zeugnisse der letzten königlichen Dynastie jenes jakutisch-tungusischen Volkes, das, beginnend mit dem Herrscher Nurhaci, jahrhundertelang über China herrschte. Seine Reise führte ihn auch in die „Verbotene Stadt" der chinesischen Herr-scher, die als Khanbalyk 1215 von dem uiguri-schen Turk-Mongolen Dschingis-Khan gegrün-det worden war. Das war das Selbstverständnis, das Selbstbild des Türken, dachte er verbittert ... Die verwobene Geschichte der Turk-Mongolen erzählte von der Mutter-Wölfin mit dem Namen „Börteçine", der auch der Name des Schmiedes war, der das Eisenerz der Türken schmiedete und der den Eisenberg durchbrach und den Türken auf die Menschheit losließ. Er atmete noch einmal tief durch, lachte bitter und sprach: „Soll Ali Baba, der Barbare sich seinen Mann zurückholen ..." Es klingelte genau drei Mal ... ring-ring-ring. Eine Männerstimme am anderen Ende der Leitung erklang: „Alo". Dr. Harald Neugebauer hielt für eine Sekunde inne, der Mann am anderen Ende der Leitung wiederholte ruhig ein weiteres „Alo". Dr. Neugebauer fragte mit zitternder Stimme: „Deutsch? Englisch? Welche Sprache sprechen Sie?" „Beide Spra-chen", antwortete der Mann am anderen Ende der Leitung auf Deutsch. „Es geht um einen Mann namens Alpaslan, der Hilfe braucht", begann Dr. Neugebauer, „ich dachte, Sie kennen ihn vielleicht, da seine Mobilfunknummer auf dieser Visitenkarte steht. Wo habe ich gerade angerufen, wer ist dort?" Nach einer kurzen Pause fragte der Mann an der anderen Seite der Leitung trocken in höflichem und ruhigem Ton: „Was steht unterhalb der Telefonnummer?" Dr. Neugebauer sah auf die Karte und las. „Hier steht: Kurgan Börteçine". „Moment bitte, ich stelle durch." Es machte Klick und eine andere Stimme sprach: „Guten Tag." Dr. Neugebauer fragte: „Mit wem bin ich verbunden?" „Mit wem spreche ich?" fragte der Mann am anderen Ende der Leitung „Ich, ich bin..." – Dr. Neugebauer sprach schnell und kurz und in einer bestimmenden Tonlage: „Mein Name ist Dr. Harald Neugebauer ..." „Angenehm Ihre Bekanntschaft zu machen, Herr Doktor", sprach der Mann am anderen Ende der Leitung. Dr. Neugebauer sagte: „Ich weiß, wo Alpaslan sich befindet, ... es ist ... es ist ... grauenvoll ..." Der unbekannte Gesprächspartner übernahm in ruhigem Ton und merkte kryptisch an: „Burgunderkönig. Das, was jetzt kommt, das wollte Gott verhüten". Dr. Neugebauer bekam eine Gänsehaut. „Das ist aus dem Nibelungenlied", sprach er verwundert halblaut mehr zu sich selbst. „Wo ist er? Und wie viele sind es?" „Es sind viele, sehr viele, über mehrere Länder verstreut", sprach Dr. Neugebauer. „Er ist in Prag." Der Mann am Telefon sagte, ein Gedicht von Bertold Brecht zitierend: „Es liegen drei Kaiser begraben in Prag." „Ich gebe Ihnen die Adresse durch", entgegnete Dr. Neugebauer ... „Wackerer Burgunderkönig, Sie haben etwas gut bei uns," sprach der

Unbekannte zu Dr. Neugebauer. „Ist es nicht bemerkenswert, wie sich die Geschichte wiederholt?" „Was meinen Sie", fragte Dr. Neugebauer. „In den großen Nachbeben des ersten Weltkrieges kommen wider Willen die alten Weggefährten erneut zusammen. So wie die Osmanen und die Habsburger und Preußen im ersten Weltkrieg Verbündete waren, so kreuzen sich wieder unsere Wege für einen höheren Sinn." „Und gegen wen oder was kämpfen wir?" wollte Dr. Neugebauer wissen und lauerte argwöhnisch auf eine Antwort. „Natürlich gegen die Obrigkeit der globalen Ordnung, ein jeder, der noch Mensch geblieben ist, kann nichts anderes, als dies zu tun", sprach der Mann in der Leitung mit lässiger Intonation. „Über die inoffizielle Geschichte reden wir später. Nun machen wir Tabula rasa, Herr Dr. Neugebauer, legen Sie Ihr Buch Hannibal ante Portas zur Seite. Es geht nicht mehr darum, unsere nichtigen Differenzen auszutragen, es geht um den Menschen an sich, und um sonst nichts …" „Was erwarten Sie von uns und von mir?" fragte Dr. Neugebauer. „Fungieren Sie als Schnittstelle zwischen uns und den Ihrigen ... Wir haben einige Bastionen in Europa, hauptsächlich in Ungarn und Polen. Sie sind erkenntnistheoretisch bereits soweit fortgeschritten, dass Sie realisieren werden, dass weder der Islam, noch der russische Iwan Ihre Feinde sind, sondern jene Subjekte. Sie kämpfen für sich und wir für uns, aber alle zusammen gegen diese Subjekte." „Sie werden kryptisch", sagte Dr. Neugebauer. Der Mann an der anderen Leitung begann eine Adresse zu diktieren. „Busbahnhof Kiew, gegenüber dem Junkfood Restaurant finden Sie einen Imbiss mit einem Kebapstand. Kaufen Sie dort einen Döner und einen Ayran, um dann den Verkäufer zu fragen, ob er Ihnen einen Kefir zubereiten kann. Alles andere erfahren sie vor Ort …"

*

Der Intercity Express raste mit rasender Geschwindigkeit in Richtung Deutschland. Dr. Harald Neugebauer musste an Zoltan Paskowiaks Buch denken, in welchem Nietzsche im Zug sitzend über die Menschheit nachdachte. Er schaltete seinen Laptop an und justierte einen Nachrichtenkanal. Er starrte fassungslos auf den Bildschirm seines Computers. In dem Video brannte die Altstadt von Prag. Laut Medienberichten lieferten sich pakistanische, arabische, afghanische und schwarzafrikanische paramilitärische Brigaden einen Privatkrieg gegen die Prager Polizei. Die schwere Bewaffnung der paramilitärischen Banden bestand aus Offensivwaffen wie Flammenwerfern, Handgranaten, Brandbomben und sogar aus Mörsern und Bazookas. Die hilflose Prager Polizei musste die Armee zu Hilfe holen und Luftunterstützung anfordern. Mehrere Hubschrauber waren über der Altstadt abgeschossen worden. Bis die unvorbereitete tschechische Armee mit alten Sherman-Panzern, die der ehemalige NATO-

Verbündete USA den Europäern als Abschieds-
geschenk nach dem Zerfall der NATO im zweiten Dezennium des 21. Jahrhunderts hinterlassen hatte, zu Hilfe eilen konnte, stand die
geschichtsträchtige Prager Altstadt bereits vollständig in Flammen. Die gut durchstrukturierten
Brigaden waren mit gewöhnlichen Autos und
Motorrädern, die alle EU-Kennzeichen trugen,
in die Stadt gekommen. Nun wurde Dr. Harald
Neugebauer klar, warum der ehemalige NATO-
Verbündete USA seine veralteten Sherman-
Panzer in mehrere europäische Länder geliefert
hatte. Diese Panzer, seit den 1950er Jahren in
Gebrauch, waren für einen modernen Krieg ver-
altet, aber … aber in einem Bürgerkrieg gut zu
gebrauchen. „Ein Schelm, wer Böses denkt",
sprach Dr. Neugebauer. Unter den toten Para-
militärs befanden sich Nordafrikaner und
schwarze Ost- und Westafrikaner, Somalier und
sogar pakistanische und afghanische sogenannte
Asylanten. Die russisch-türkische Seite würde
bald auf die Vorfälle reagieren müssen … An der
Außenmauer der Prager Burg stand in roter
Schrift etwa 3 Meter groß ein einziges Wort: –
ITTIFAK – ein arabisches Wort mit lateinischen
Lettern geschrieben. Dr. Neugebauer kannte nur
zu gut dieses geschichtsträchtige Wort. Es bedeutete ALLIANZ. Konnte es sein? Hatten sich die
islamischen Minderheiten in einer Allianz in
Europa zusammengeschlossen? Um … ja, wes-
halb eigentlich? Dr. Harald Neugebauer öffnete

ein leeres Blatt Papier, dachte kurz nach und schrieb:

Der kategorische Imperativ Europas ist die Maxime der kulturellen Dominanz durch Wertschöpfung aus der Kultur in allen Bereichen und das bewusste Erleben der Tradition sowie Geschichtsbewusstsein aufgrund der letzten 2500 Jahre europäischer Kulturgeschichte.

„Wir Europäer sind United in Diversity, aber durch das Bewusstsein unserer nationalen Kulturen …" Er lächelte verächtlich …

Die Anarchie, die die hegemoniale Obrigkeit intensiv mit der Vernichtungspolitik, der Applikation des Kalergi–Plans in Europa, der „Kulturlosigkeit als Monokultur" und der Zerstörung der Kulturen der westeuropäischen Nationalstaaten durch die politisch links-faschistischen Apparatschik-Kapos bewusst heraufbeschwor, ist nun umgesetzt worden …

Pol Pot ante portas, notierte Dr. Harald Neugebauer weiter.

Der Schwarzkopf ist plötzlich zu einem temporären Verbündeten für ein Europa des Aufbegehrens gegen die Fuck-you-Goethe!-Gesellschaftssimulation Westeuropas geworden. Wir sind das christliche Westeuropa, schrieb Dr. Neugebauer.

Die Völker von Dichtern, der schönen Künste, der Ästhetik, von Denkern und Philosophen, der Wissenschaft, der Disziplin und der Ordnung. Der Faschist an sich hingegen ist immer schon gegen jegliche Art von Kultur gewesen. Aus diesem Grunde zitierte Hermann Göring den deutschen Schriftsteller Hanns Johst „Wenn ich das Wort Kultur höre, entsichere ich meinen Browning." Gegenüber dem stand der Satz von Joschka Fischer: „Die Nationen machen Europa aus, ihre Kultur, ihre Sprache, ihre Unterschiede und ihre Gemeinsamkeiten, und diese Nationen sind viel älter als die Nationalstaaten." Aber dieses Zitat gehört zu einer Ära längst vergangener Tage. Jede Ordnung braucht zuerst das Chaos, aus der sie herauswachsen kann und ihr werdet mit eurer Agenda das anarchistische Chaos fabrizieren, wir aber stehen für die Menschenrechte und die Ordnung ... die Ordnung aus dem Chaos. Wenn ein bissiger Hund eine Katze in die Ecke drängt, so wird die Katze irgendwann, bevor sie totgebissen wird, den Hund angreifen und mit ihren beiden Pfoten bekämpfen. Wir beginnen uns zu organisieren, überall, unabhängig wie ihr darüber berichtet oder was ihr tut ... Spirituelle nennt ihr Esoteriker ... Menschen, die es wagen, ihre Meinung zu äußern, nennt ihr Nazis. Ihr missachtet die Deklaration der Menschenrechte, zerbombt Staaten ohne UN-Mandat, beschenkt euch selbst mit verlogenen Preisen. Die Demokratie und die Gesellschaft habt ihr polarisiert und pervertiert ...

Dr. Harald Neugebauer hatte eine dunkle Vorahnung um die Geschehnisse, die in den

Geburtswehen lagen, jene dunklen Wolken, die über Europa zogen ... „Imperium Magnum Infernalis", sprach er zu sich selbst. „Fuck you, too, Pol Pot, und deine Gesinnungsgenossen!" stieß er aus. „Das hier ist das Abendland ... Und wir holen uns unsere Heimat von den Faschisten zurück ...". Er stand auf, streckte seinen Arm mit geballter Faust halb gekrümmt in die Höhe und schrie über die Sitzreihen der halben ersten Wagenklasse, Friedrich Schiller zitierend:

„Ans Vaterland, ans teure, schließ dich an, das halte fest mit deinem ganzen Herzen! Hier sind die starken Wurzeln deiner Kraft."

Ein junger Mann aus einer Gruppe von jungen Leuten raunte zurück: „Vaterland??? Halt die Fresse, du ungebildeter Proleten-Nazi!". Schockiert zeigten sie mit den Fingern auf ihn, und einer sprach: „Du, du Nazi-Bastard! Hau ab! Zu deinem Arier-Pack nach Dunkel-Ostdeutschland, du elende Nazi-Sau! Ich haue dir gleich ein paar in deine Nazifresse, du verficktes Stück Scheiße, du hirngewaschener Querdenker-Zombie!"

Ein anderer machte sich auf, um den Schaffner zu holen. „Willkommen im Spiel", sprach Dr. Harald Neugebauer und lächelte in die meist perplexen Gesichter. Er lachte laut auf und sah sich die Reaktionen der Leute im Waggon der ersten Klasse an. Die meisten sahen weg und überhörten bewusst den Wortwechsel zwischen ihm und den Jugendlichen. Doch ein schlichtes und unauffälliges Pärchen, das unweit von ihm saß, blickte zu ihm herüber, ohne etwas zu sagen. Die Frau trug ein Baby auf dem Arm. Aber Dr. Neugebauer erkannte das Lächeln in den Augen des jungen Pärchens und sprach dann leise, mit einem nickenden Kopf und mit einem tief zufriedenen Blick:

„Der Homo ludens occidentalis,
Der europäische Kulturmensch,
erwartet euch…"

NOTIZEN DES LEKTORS ZUM MANUSKRIPT:

Meine liebe Kimberly!

Es ist schön, dass Sie etwas zu Papier bringen wollen. ABER: Was ist denn das für eine grenzwertig-hirnrissige und provokative Dystopie? Ihr Manuskript ist vollgestopft mit pseudo-intellektuellem Quatsch und Hausfrauen-Analysen zu unserem politischen System! Sie leiden in paranoider Weise an einer offensichtlichen Realitäts-Verzerrung. Des Weiteren haben sie viel zu viel zitiert! Weniger ist mehr. Es liest sich so, als ob Sie die Weisheit in wahnwitzig-besserwisserischer Manier mit Löffeln gefressen hätten … Sie sind ein (e) Klugscheißer (in) … Ein jeder, der dieses Buch liest, wird Sie sofort für eine von der „Alt-Right"-Bewegung halten. Sie loben ständig unterschwellig Nazis wie die Querdenker, die identitäre Bewegung und alle, die in irgendeiner Weise rechts von der Tischkante fallen; und ein Österreicher, der mit erhobenem Arm am Ende Ihrer selbstgerechten Geschichte platziert wird, der von Vaterland faselt, muss schon seiner Natur nach ein unverbesserlicher Nazi sein. Natürlich habe ich in Ihrem „Epochenwerk" bestimmte Personen der Öffentlichkeit und deren Argumente erkannt. Sie sind ein Oxymoron, leben als Betonkopf in der falschen Zeit. <u>Ich bin menschlich sehr enttäuscht von Ihnen.</u> Die Jugend und die intellektuelle Elite wird dieses „Werk", dieses Pamphlet aus Prinzip nicht wahrnehmen können, weil alles, was Sie schreiben, einen faden Beigeschmack beim Lesen hinterlässt. All diese nebulösen Beschreibungen der sogenannten Eliten und Philanthropen, die Sie in Ihrer Verschwörungstheorie verantwortlich machen, und all das, was sie über unsere türkischen und anderen muslimischen Mitbürger geschrieben haben, ist völliger Nonsens. Wollen Sie etwa Vorurteile gegenüber Türken schüren? Und unsere ökologische Agenda des Umweltschutzes und der Klimaveränderung so durch den Dreck zu ziehen und es mit dem Angka- und Dschutsche-Kommunismus zu vergleichen, das ist böswillig. Deutschland ist ein Sozialstaat, der die Rechte aller, ja ALLER achtet und respektiert. Sie wissen, dass unser sozialer Konsens auf Solidarität aufbaut, und zwar Solidarität mit den Schwächsten der Gesellschaft. Wir sind in allem, was wir machen, Vorreiter in der Europäischen Union. Wissen Sie denn nicht, wie viele Ihrer sogenannten „in sozialer Apathie gefangenen Türken" Karriere in der freien Wirtschaft, in der Politik und in den Naturwissenschaften gemacht haben? Wenn Sie dieses Pamphlet über den Faschismus veröffentlichen wollen, sollten Sie darüber nachdenken, Ihr Werk zu überarbeiten und realitätskonform umzuschreiben. Oder aber im Eigenverlag veröffentlichen. Wenn Sie die Gesellschaft verändern möchten, gehen Sie zur Wahl und engagieren Sie sich für eine Partei. Denn das ist der Weg, wie Demokratie funktioniert. Ich bin betrübt zu sehen, dass es Menschen in Deutschland gibt, die immer noch mit der faschistischen Ideologie sympathisieren. Deutschland ist ein Rechtsstaat, und der Faschismus wird in diesem Land nicht geduldet. Hiermit lege ich meine Funktion als Lektor nieder.

Hochachtungsvoll,

Der Lektor

Der Lektor klappte das Manuskript zu, schlug sein Tagebuch auf und schrieb:

Ich hoffe, dass diese Formulierungen politisch konform sind im neuen Deutschland. Einst war das unsere Heimat. Viele meiner Freunde haben bei der Bundeswehr gedient, viele haben Deutschland bei Disputen in fremden Ländern gegen Menschen aus anderen Kulturen, sei es in Asien oder sonst wo, verteidigt. Aber heute sind wir wie Fremde inmitten der deutschen Gesellschaft. Ihr habt uns dermaßen entfremdet, dass dies nicht mehr unsere Heimat ist. Ihr habt mich meiner Heimat beraubt. Es wird langsam Zeit, die Koffer zu packen. Sollen sie, die rechten Linken und die linken Rechten, die gemeinsam die Gesellschaft und die Gehirne zumüllten, bis die Gehirn-Synapsen völlig verklebten, selbst damit klarkommen. Mich geht das alles nichts mehr an. Mein Deutschland trage ich im Herzen, in den Erinnerungen an meine Jugend, als es ein „Wir" gab.

Wie konntet ihr nur drei Millionen Menschen durch derartige Entfremdung und kanakische Prekarisierung für die Mehrheitsgesellschaft verlieren?

In jener Nacht am 09.11.1989 gegen 03:00 Uhr morgens hörte ich den Radiosender „Rias 2", den Rundfunk im amerikanischen Sektor von Berlin, und lernte für die Englischprüfung am nächsten Tag, als der Moderator plötzlich die Ansage machte, dass sich am Checkpoint Charlie eine Menschenmenge auf der Ostseite zu versammeln beginnt. In der Nacht fiel die Mauer. Am nächsten Tag fiel meine Englischprüfung aus, die ich sowieso nicht bestanden hätte. Meine Mutter, meine Schwester und ich saßen vor dem Fernseher und verfolgten gebannt die historischen Ereignisse, die in Berlin geschahen. Meine Mutter sagte damals, als sie wegen der Bilder anfing zu weinen: „Es ist nicht recht, ein Volk dermaßen zu separieren. Endlich ist diese Ungerechtigkeit vorüber." Die Vergangenheit und das Jetzt sind für immer verloren, es gilt nur noch die Zukunft. Meine Koffer sind gepackt, ich warte bereits in Gedanken in der Abflughalle des neuen Flughafens Berlin-Brandenburg, dem Symbol eines neuen, anderen Deutschlands. Ich werde euch allen nicht verzeihen, dass ihr mich zu einem Heimatlosen gemacht habt.

Derya Yalimcan, 09.11.2021

Der Lektor legte den Füllfederhalter auf den Schreibtisch, der in der Küche neben dem Balkon platziert war. Er nahm die Flasche Köstritzer Bier vom Tisch und stieß imaginär mit dem Schwarz-Weiß-Porträt an der Wand an, das links von ihm an der Küchenwand hing. Es zeigte das Abbild eines Mannes in einer Militäruniform mit einem gepflegten Schnurrbart und einer altmodischen, randlosen, hohen türkischen Uniformmütze aus Astrachanwolle. Der Mann auf dem Abbild sah den Lektor aus tiefen, ernsten und hellen Augen an. Der Lektor erwiderte den Blick und sprach, den Mann auf dem Abbild zitierend:

„Die Zivilisation gleicht einer lodernden Flamme, die jeden vertilgt, der glaubt dies ignorieren zu können."

– ENDE –

Eine Novelle von Derya Yalimcan unter dem Pseudonym Harald Neugebauer